銀盤カレイドスコープvol.1

ショート・プログラム:Road to dream

海原　零

集英社スーパーダッシュ文庫

銀盤カレイドスコープvol.1

CONTENTS

スーパーダッシュ

タズサがスウィートに教えちゃう♥

フィギュアスケートの基礎知識 vol.1

親愛なる読者様、初めまして。さっそくだけど、世界で最もカレイドスコープな(?)女、この桜野《さくらの》タズサが、世界で最も高尚《こうしょう》かつファンタスティックなスポーツ、フィギュアスケートの基礎知識をお教えするわ。用意はよろしくて?

まずは演技時間。女子シングルは、**ショートプログラムが2分40秒以内。フリープログラムが4分プラスマイナス10秒以内。**

ショートでは、**ジャンプ3つ、スピン3つ、ステップ2つ**(内1つはスパイラルシークエンス)を合わせた、**計8つの必要要素**を盛り込んだプログラムを滑《すべ》らなきゃならない。

フリーは基本的に何をやっても自由なんだけど、バランスの取れたプログラムにするために、組み込むべき要素ってのはあるのよ。その上で、技術、表現の両面から評価される、というわけ。

プログラムの使用曲だけど、アイスダンスを除けば、ボーカル入りの曲は使えないわ。曲目については、頻度《ひんど》の高い定番はあるんだけど、その時々で流行が生まれたりもするし、結構多様ね。フィギュアには、そんな楽しみ方もあるのよ。

次にジャンプ。基本的に、フィギュアのジャンプは次の6種類。

アクセル、ルッツ、フリップ、ループ、サルコー、トゥループ。

一応、一般的な難易度《なんいど》順に並べてみたけど、回転数によっては違ってくることも。もちろん、選手にはそれぞれ得手不得手《えてふえて》ってものがあるし、一概《いちがい》には言えないわね。

ジャンプの見分け方は……、まあ知ってしまえば簡単なんだけど、ここで全部説明するのも面倒だから、興味がおありならフィギュアを見ることね。独学自習もたまには良し。そのうち分かってくると思うわ。フフッ……。でもまあ、せっかく買ってくれた人に悪いから、とりあえず、アクセルだけでも説明しとこうかしら。

……ってあら？ ページがもう無いの？？ それじゃあ、続きは「vol.2」で。あしからず、ごきげんよう。

※ここで紹介するルールは、ルールの改定のため、実際のものと多少違っている場合があります。あくまで「銀盤カレイドスコープ」内のルールとして認識くださるようお願いいたします。

イラストレーション／鈴平ひろ

銀盤カレイドスコープvol.1
ショート・プログラム:Road to dream

《プロローグ》

フィギュアスケートグランプリシリーズ、アメリカ大会。

ある……、スタイル抜群《ばつぐん》にして至高の美貌《びぼう》を有するシングルスケーターが、12人中10位という惨敗《ざんぱい》を喫《きっ》した。

無論、そんな私に——公式会見など、用意されるはずもない。ところが今、ちょっとした人だかりに取り囲まれているのだ。

ほぼ全員が日本人。普段はあまりお目にかからない、一般紙及びスポーツ紙の記者がほとんどだ。去年までだったら、コロラドくんだりのアイスアリーナに湧いて出るなんて、考えられなかったのに。

……4年に1度、そんな現象が生じると聞く。

オリンピックシーズン——俗《ぞく》に、こう呼ばれる冬に。

「桜野《さくらの》選手、今回の結果について一言」

「残念です。早くもファイナルに行けなくなっちゃったし。一応、狙《ねら》ってたんですけど」

……記者達の反応を見てみると、案《あん》の定《じょう》。何のことか分からないけどまあいいや、って顔してる連中が多い。

「12人中10位という順位については？」

「ですから、今申し上げた通りです」

……ファイナルって何ですか？

私に直接そう訊《き》くだけの度胸、ないの？

ふと見やると、さっき質問してきた奴が、隣の記者に尋ねてる。

すいません。ファイナルって何ですか……。

ヒソヒソやらなくても分かるって。

「五輪選考への影響はどう？」

「いい影響がないことは確かでしょうね」

……想像以上に、投げやりっぽい答えになってしまった。

いい影響がないことは確かだわ。

「ドイツの大会には至藤《しとう》選手が出場しますが、気になる？」

「いいえ、自分に集中したいので…」

あ、いけないいけない。そんな杓子定規《しゃくしじょうぎ》なコト言ってると、目の前の冴《さ》えない連中と一緒になっちゃう。

「でも、気にはなるでしょうね。というか、ならないとでも思われます？」

……頭の隅《すみ》に、三代《みしろ》監督のしかめっ面《つら》が浮かぶ。それと、高島《たかしま》コーチの困惑顔……。前者はどうでもいいけど、後者には、会ったら言い訳しとかなきゃ。今までの人生で最悪の気分だったの、って。

まあ事実、こんな結果だったんだから、機嫌悪いに決まってるけど。

「今日のフリー、4回のミスがあったと思うけど、それについては？」

「ミスってしまったものは仕方ありません。演技中は、それを引き摺《ず》らないように心掛けるだけです。それと、ミスは4回じゃなくて5回です」

……1回質問に答えるごとに、この場の雰囲気《ふんいき》が険悪になる。

でも仕方ない。早くホテルに帰って何もかも忘れて眠りたいのに、こんな薄暗い通路で、忍び愛のバレたアイドルよろしく、囲まれるなんて。最低限、もう少し気が利《き》いた質問できないの？

「今日の惨敗《ざんぱい》の原因は？」

……どうもありがとう。はっきり言ってくれて。気が利いてるわ。

「これといった原因は思い当たりません。今日がアンラッキーな日だったということでしょう。昨日のショートの出遅れも、気分的に多少響いたかなとは思いますが」

「昨シーズンの世界選手権も同じ展開だったと思うんだけど、精神面のトレーニングとかは、やってるの？」

……まっ、つまらないこと思い出させてくれるわ。少しは下調べしてるみたいね。

「特にやってません。メンタルですぐ効果が顕《あらわ》れるとも思えませんし……」

ああ、何か急に、めんどくさくなってきた。次の質問に答えたら、もう切り上げよう。ホテルに帰ってシャワー浴びて、さっさと寝る。

「これはずっと言われていることですが、演技中、笑わないのはどうして？」

「……技術的に未熟だからでしょう。笑いながら滑るのって、皆さんが考えているよりずっと、難しいんですよ」

正直言えば……、これは本心とはちょっと違う、かも知れない。

I　強制ユニゾン

フィギュアスケート・女子シングル選手プロフィール――
桜野《さくらの》タズサ
1989年9月10日、東京生まれ
聖トゥーランド女子学園1年
年齢・16歳
身長・158㎝
所属リンク・東京クリスタルガーデン
1994年に同リンクにてレッスン開始
趣味・アニメ観賞、コミック収集
専属コーチ・高島優司《たかしまゆうじ》

過去の主な戦績
2004年3月・世界ジュニア選手権3位。

12月・HNK杯5位。

2005年1月・全日本選手権2位。

3月・世界選手権17位。


そして、オリンピックシーズン突入。

2005年、11月初旬《しょじゅん》。グランプリシリーズ最初のアメリカ大会で、10位。

代表選考の対象となる大会でこの結果は、やっぱり痛い。

失意のままに日本に帰国し……。

早朝練習、バッグを片手に高校に通い、帰ってまた練習。そんな日常が再開された。

アメリカなどに比べるとまだ、スポーツ選手の学業負担を考慮《こうりょ》するシステムが未整備だ。

多少大目に見てくれる項目もあるが、オリンピック候補といえど、ご丁寧《ていねい》に型通りの定期テストまで義務付けられるのだから。

……この桜野タズサ様が、学校の勉強？　ええ、その通り。バカげてるわ。

……学内に設置された聖堂に、シスターの奏《かな》でる荘厳《そうごん》なオルガンの音色が響き渡る。

クラス全員で起立しての、賛美歌《さんびか》の合唱。

私は今、カトリック系学園の象徴とも言うべき、退屈な1ページに挟《はさ》まれていた。

この状況で居眠りするのは、さすがの私も不可能で——

「……何だろう？」

……人の声が、する。

いや、歌声じゃなくて……、

〈あの、さ。ちょっと〉

……男の声だ。

私は形ばかりの合唱を止め、周りを見渡したが……、当たり前だけど、みんな女。

ここは女子校。男なんて居るわけなし。

気のせい気のせい。

〈ねえ、ちょっ…〉

「誰っ——！」

間違いない。誰かが、信じられないほど間近で——

狼狽《ろうばい》しつつ周囲を見渡すが……、対象となった10人近くが、訝《いぶか》しげな顔で私を睨《にら》み返してきた。

神様の御前《ごぜん》で何やってるの？

そんな、非難の視線を以《もっ》て。

「タズサ、どうしたのよ？」

ほらっこれ！　右隣から、囁《ささや》くような女の……。

私の、唯一とも言うべき親友、同じリンクに所属するアイスメートの、本城《ほんじょう》ミカだ。

「いや、ハハ……、ちょっとね。幻聴《げんちょう》が…」

〈幻聴じゃないよ〉

「ほらほらぁっ！　今のよっ！」

……ミカがポカンと口を開けてる。他のみんなも同様。

この声が聞こえてるのって……、私だけ？

耳を塞《ふさ》いだ。にも拘《かか》わらず――

〈あの…〉

「やっ…」

高らかな賛美歌《さんびか》が支配する音響空間の中、何故か、はっきりと――

〈ちょっと…〉

「黙れっ！　うるさいのよっ――！」

………ふと。

聖堂を覆《おお》っていた音幕が消え……。

神に捧げられていたはずの神聖な旋律《せんりつ》と、クラス40人分の意識が――

私に集中した。

「桜野さん？」

主に導かれるままに、オルガンを弾《ひ》き鳴らしていたのであろうシスターが、罰当《ばちあ》たりな私の行為の理由を問うた。怒りを下腹部に抑え込み、あくまで慈悲《じひ》深く……。

「あ、すいません。ちょっと……」

どう言えばいいっての?

静まり返った聖堂の中で、1人、完全に浮いてしまっている。

「……タズサぁ」

心配するミカを除き……、みんな私から距離を置いた。愚《おろ》かな不信心者に対する、侮蔑《ぶべつ》と畏《おそ》れの顕《あらわ》れだろうか。

……でも何で? 何で私だけ……、

〈なあ、頼む…〉

「ワわわわぁっ——!」

思わず頭を抱えた私は、何かに取り憑《つ》かれたかのように、激しく首を回し——

「桜野さん!」

シスターの叱責《しっせき》にも構わず、素早く八方を、そして上下を確認する。

〈あのさっ…〉

「誰かがイタズラしてるんです!」

耳元で囁《ささや》く、男の声。誰も居ないのに、何で?

パニックが、私を襲い——

〈違う。イタズラじゃ…〉

「信じられないっ！　何なのよっ！」

両足で神聖な床を踏み鳴らし、喚《わめ》き散らした反響が、広い聖堂の隅々《すみずみ》にこだまする。

ホントもう、どうなって……、あ。

もしかして——

「桜野さんっ！　いい加減に……」

「いい加減にするのはアンタよっ！　私を洗脳しようったってそうはいかないわ！　このエセシスター！」

「なっ……」

口を半開きに硬直したシスターの表情は、覚えなき罪を問われ、驚愕《きようがく》する者のそれだった。ついでに……、エセ呼ばわりされた怒りと。

推測は外れだ。じゃあ一体——？？？

〈プリーズ、タズサ……〉

「今度は英語——？」

……そこで。初めて気付いた。

この声、私の頭の中から出てる——

＊　＊　＊

床は一面、白と灰色が織《お》り成す、複雑なまだら模様。当学園の神聖な……、トイレ——

四方を囲まれたプライベートスペースに入り、深呼吸。もう一度……、よし。

「……で？　要するに、何なの？」

閉鎖《へいさ》空間に１人きり。だが断じて……、独《ひと》り言《ごと》ではない。

〈僕は悪い人間じゃない。君に悪影響は…〉

「それじゃ分からないってのよっ！」

早速《さっそく》、癇癪《かんしゃく》を破裂させる。

「……何で、私にアンタの声が聞こえるのか。はっきり説明してちょうだい」

……ホント、おかしくなりそう。頭の中に、変な男が住み着いちゃってるみたいなんだから。

〈分かってるよ。落ち着いてよ、頼むから〉

確かなのは、こいつが日本語堪能《たんのう》な外人、であること。発音、アクセント等、結構うまい。

まだ声変わり前とも思われる、僅《わず》かに掠《かす》れ気味、少し甘めの……、だから何っ？

「私が落ち着いてる間に、さっさと話すのね。命が惜しかったら…」

「ねえ、タズサ！　大丈夫？」

……ミカ？　いつからドアの外に？

独《ひと》りトイレに籠《こも》って、ヒステリってる私……、どう思われてるだろう。

「ミカ、授業は？」

「貴方《あなた》の様子がおかしいから、私もトイレットタイムをもらったの。それより、どうしちゃったのよ、一体？」

……困った。どう説明すればいい？　何が何だか、私だって分からないのに。

「タズサっ？」

「いや……、その。話すと長く…、なるわけじゃないけど、何というか……」

壊れたラジオのように何度もつっかえている内に、頭に血が昇り――

「私にもさっぱり分からないのよっ！」

もうっ、頭ワレそうっ――！

「……タズサぁ」

……一つ、深呼吸をする。氷上で、これから演技スタート、って時にやるように、冷静に。

「ゴメン、ミカ。すぐ落ち着くから、1人にして」

……さて。

「もういいわよ。続けましょうか。言っとくけど、私、気長じゃないから」

〈OK、分かってるって〉

端《はな》から臨界《りんかい》寸前の私の忍耐力を察してか、『彼』は焦《あせ》りつつも、説明を始めた。

〈結論から言うと、僕自身は死んでて。ただ、天界に上れない不完全な魂《たましい》が、こうやって君に憑依《ひょうい》してる〉

「……は？」

〈幽体結合《ゆうたいけつごう》ってところかな……〉

……失われかけた現実的感覚を、慌《あわ》てて取り戻す。

「今どき幽霊？　バカみたい」

〈なら、この状況をどう説明するんだい？〉

「……どうって」

魂が憑依……。と、言われても、不思議なほど、怖くはない。

アニメ声優のような甘い声。歳《とし》は、私よりも下っぽい。まあ、悪い奴じゃなさそうだけど
……。

「じゃあ、仮にそうだとして。いつ離れてくれるのかしら？」

〈……怒らないで聞いてくれよ〉

「怒るわよっ！」

彼の切り口からして、悪い話なのは明白。

「さあ、はっきり言いなさい。いつまでこの私の邪魔《じゃま》をするつもり？」

〈邪魔だなんて、そん…〉

「い・つ・ま・で・なのっ？」

〈ひゃ…、ワンハンドレッド…〉

「100日っ……？」

……沈黙が意味するものは、イエス。

「……ダメ。絶対認めないわ。今すぐ離れなさいっ！」

〈それができれば、とっくにそうしてる〉

「最低っ――！」

パニックが込み上げ、私は思わず、髪の毛ごと頭を抱えた。

……当たり前だけど、私の頭は私のもの。そこに、変な外人少年が住み着いている。

医者にかかるなら……、外科？　精神科？　それとも婦人科？

こーゆーの、何処《どこ》に訴えればいいの？

〈まず、こうなった経緯《けいい》を話したいんだけど、聞いてくれる？〉

「……」

……いいから、さっさと話しなさいよ。

と、声に出さずに命じるが、反応なし。

「アンタ……、私の心の声とかは、聞くことはできないわけ？」

〈ああ、そうみたいだね〉

……このバカたれ、くそガキ、変質者、◎#§↑×!!

「……なるほど、事実のようね」

〈え？〉

「こっちの話」

もし、考えてることまで逐一《ちくいち》知られるのなら、純粋に、プライバシーゼロ。頭に電気ドリル突っ込んででも、こいつを引っ張り出さなきゃいけないトコだ。

「で？　さっさと続けなさいな」

〈ＯＫ。まず僕の名前は、ピート・パンプス。カナダ人だ〉

……とすると、甘めの声と併《あわ》せて推測するに、外見は大体こんなカンジの……、

「違うって！」

〈……なっ、何が？〉

「いいの。それよりどう考えても私、カナダ人に取り憑《つ》かれなきゃならないような覚えはないんだけど」

〈だろうね。ただ僕にとって、君ほど波長の合う人は居なかったみたい。世界中探しても〉

……何と。嘆《なげ》きたくなるような不運。

「ちょっと待って。みたいって、誰が言ったの？」

〈ええと、特に誰がってわけじゃない。ただ、こういう存在になれば、誰に教えられるまでもなく、色んなことが分かるんだ。言葉では説明のしようが…〉

「ふざけないでっ！」

〈ふざけてないよ。僕だって不思議さ〉

……もういい。全ての感情を排除《はいじょ》して、さっさと事実を認識しよう。

「で、アンタ、いつ死んだの？」

〈5日前。普段は東京の、此処《ここ》からそう遠くない所に住んでたんだけど、1週間前、たまたまアメリカに行ってて……〉

「もしかして……、コロラド？」

〈そう。特大の雷が落ちてきたんだけど、ちょうどその真下に、僕が居てさ〉

……そういえば私が帰る日、雷が近くに落ちたとか。

「あらおめでとう。じゃ、私なんかに取り憑《つ》かずに、さっさと成仏《じょうぶつ》してよ」

そう言ってから少し、後悔《こうかい》した。いくら何でも、おめでとうはない。

〈……だから、それは…〉

「分かった。理由を聞かせて」

いくら噛《か》み付いたところで、何も変わりそうにないし。

〈その、何故《なぜ》かそれが分かっちゃうんだけど〉

聞き手の癇癪《かんしゃく》を警戒してか、口調が早まる。

〈雷の強力なエネルギーで僕の魂《たましい》は亜分裂《あぶんれつ》しちゃったらしくて…〉

「もう少しゆっくり喋《しゃべ》って」

〈ゴメン。ええと……、それで。今のままだと、僕はこの世をさまよったままなんだ。こういう特殊な場合、霊的な波長とか環境が合う誰かに、一定期間転移する。僕の魂が、魂として固まるまでね〉

「それが100日？」

るわけで……。

……何か、化かされてるみたい。けど現実に、こいつの、ピートとかいう坊やの声が聞こえ

〈そうみたいだ〉

「雷に打たれて死んだ人間は、みんなそうなの？」

〈いや、こんなケースは、世界中引っ括《くる》めても、10年に1人も居ないみたいで〉

大声で罵《ののし》りたくなったが……、取り敢《あ》えず、あとに置いといて。

「で、アンタいくつなの？」

〈16。君と同じ。言ったろ、波長の合う人間だ、って〉

＊　＊　＊

ピートとの話を一先《ひとま》ず打ち切り、トイレのドアを開けると……、

さっき、授業中に私がエセ呼ばわりした、あのシスターが立ち塞《ふさ》がっていた。

「桜野さん！　当学園では、携帯電話は禁止です。お出しなさい、没収《ぼっしゅう》します」

……はは。もうイヤ。

「ほら、早く」

「携帯なんて持ってません」

「ウソおっしゃい。トイレの中で誰かと話していたでしょう。全部聞こえています」

……どう説明しろというの？

ピートっていうカナダ人幽霊に、不法侵入されたって？

も、完全にプッツンしそう。

「分かりました。では、身体検査をお願いします」

「……何ですって？　どうせ、何処《どこ》かに隠して…」

「気の済むまで探しまくって下さってても結構ですよ。と言っても、この狭いトイレの何処を、
って感じですね」

目の前の厳格なシスターに、何ら悪気がないのは確かだし、誤解するのも当然。それでも、
怒りのぶちまけ先としては適当だった。

「どうせなら、私と一緒にシスターも身体検査しましょうか。ホストクラブのマッチとか見つ
かっても、私は気にしませんから」

「……桜野さんっ！　貴方《あなた》という人はっ！」

ああ、やってしまった。桜野タズサ、初の停学？　それっぽいわ。

でももう、どうにでもなって。

＊　＊　＊

所は江東《こうとう》区。東京湾沿いの、とある森林公園の傍《そば》に、１軒の白塗りの高級邸宅《ていたく》が立つ。

豪奢《ごうしゃ》な西洋風建築の2階建て。緑の濃い木々に囲まれた敷地は広く、庭の噴水が小さな虹《にじ》を描き続けている。

金の装飾《そうしょく》が施《ほどこ》された白塗りの正門と、邸宅の正面玄関の中程に、色鮮やかな花々が植わる丸い花壇《かだん》が設置され、周囲を一回りする形で、ロータリーが備わる。

言っちゃ何だけど……、それらに値する来賓《らいひん》なんてあったかしら。


「ただいま」

そう。ここが、私の生活拠点。

高島優司コーチの邸宅だ。

私の才能を見抜き、この世界に誘った本人だが、いい歳《とし》して独身貴族。40過ぎの年齢からして、ちょうど私の親の年代だ。お陰でよく間違われる。

やや長めの頭髪に、程々に端正な顔立ち。心持ち下がり気味の両目尻に顕《あらわ》れる、善良かつ優柔不断《じゅうふだん》な性格。結構な若造りだが、口元に蓄《たくわ》えた髭《ひげ》が、実年齢との乖離《かいり》を埋めている。そんな必要はないと私は思うし、事実、似合うとはお世辞《せじ》にも言えないが……。

フィギュアスケーターにとって、練習環境が及ぼす影響は大きい。この高島邸から、私の所属するリンク、東京クリスタルガーデンまでは、歩いて3分の距離だ。

早朝と、午後。基本的に、毎日2回の練習をこなすため、地理的条件は欠かせない。選手の多くは、クラブのあるスケートリンクの近くに住むことになる。

私の場合、生まれは長野だが、父親が仕事の関係で離れられず、クラブに入った5歳の頃から、ずっとコーチのお世話に……、というわけ。

昨年、めでたく両親は離婚、父は既に再婚しており、もう会うつもりもない。離婚の直接の原因は、登山家でもある母が、ほとんど家に居ないことにあったようだ。恐らく今も、何処《どこ》ぞの山の制覇《せいは》に精を出しているのだろう。従って年がら年中、消息不明の女、である。それはそれで娘としても気楽でいいのだが。

フィギュアスケートは、他に比べて飛び抜けて金のかかるスポーツであるが故、素質を認められた者でなければ、続けていくのは難しい。もっとも私の場合、生来の美貌《びぼう》と才能を兼ね備え、両親の実家が共に経済的に裕福だったため、フィギュアを始めるにあたっての難題は存在しなかった。小学校に入る前から、親元を離れることを除けば……。


「あれ、タズサ。遅いじゃん。また赤点《あかてん》とって補習喰らった？」

「アンタじゃあるまいし。ただちょっと、シスターの機嫌を損《そこ》ねてね」

……まあ何とか、叱責《しっせき》と戒告《かいこく》だけで済んだわけだが……。

「ご愁傷《しゅうしょう》さま。このままだと、進級ヤバいんじゃなくって？　オリンピック代表の椅子《いす》よりも、来年の4月、2年生の教室に自分の席が用意されてるかどうか、心配した方が賢明だね」

……と、腐れ台詞《ぜりふ》を一通り並べると、パタパタという足音と共に、外に駆け出していく。

この生意気な吊《つ》り目のチビスケが、実の妹、桜野ヨーコ。年齢、驚くなかれ、何と9歳。4年ほど前から、私と同じく高島邸《てい》で生活し、フィギュアのジュニアクラスに在籍《ざいせき》している。私の妹というだけあって、筋はいいらしいが……。

〈へえ。結構、可愛《かわい》いコじゃないか〉

「……もう一度つまんないこと言ったら、殺すわよ」

ピートを黙らせると、ロビーから螺旋《らせん》階段を上がり2階へ。私の部屋に入り、カバンを放り投げる。さて練習。トレーナーに着替えるべく、制服を——

「ちょっと待って……」

瞬間——

恐ろしい事実がちらついた。

詳しくは聞いてなかったが……、

「正直言いなさい。ひょっとしてアンタ……、私の見てるものが見えるの？」

〈……あ、それは…〉

「それは何よっ！」

……待って、待ってよ。冷静になりなさい、タズサ。頭の中に住み着いているこの男と、視覚を共有するってこと？

〈いや、あの、タズサ……〉

いいえ、視覚だけじゃないかも知れない。聴覚、嗅覚《きゅうかく》、味覚……、触覚、も？

……ってコトはっ！

〈ね、ちょっ…〉

「ヤぁあああっっっ――！」

あまりにおぞましき想像が瞬時に駆け巡《めぐ》り、私は両の掌《てのひら》で、こめかみを挟《はさ》み込んだ。

〈タズ…〉

「冗談じゃないっ！　絶対許さないっ！　私から離れてよっ、ドスケベッ！」

頭の中に向かって叫ぼうとするが、どうやっても斜め上を向くだけ。だが異常に焦《あせ》った私は、髪を引っ張り、部屋中を駆け回って喚《わめ》き続けた。

「このクズ男！　出てけっ！　消えろっ！」

〈だから、無理なんだっ…〉

「言い訳は聞きたくないわ！　さあ、何としても出ていくのよっ！」

本能的行動。頭を壁に打ち付け――

「たッ……」

〈アウッ！　シッ……〉

……両目に火花が散り、ふらついた。身体の芯《しん》にまで、ジーンと響く痛み。

〈いくら何でもひどすぎ…〉

「どっちがよっ！」

壁にぶつけた額《ひたい》が焼けるようだ。まだ両目を開ききれない。我ながらバカみたいだが、痛覚、その他までが一緒となれば、ますます……。

「いいわ。こうなったら、どんな手段を使ってでも追い出してやる」

〈どうしてそこまで？〉

「ふざけないでっ！　どうして、見ず知らずの男に着替え姿を拝ませなきゃならないの？」

……いいえ、それだけじゃない。アレもコレも——

〈じゃあ、目をつぶったまま着…〉

「アンタが出てくのが、一番手っ取り早いでしょっ！」

さァて、どうしてくれよう。古今東西《ここんとうざい》、取り憑《つ》いた幽霊を引き剝《は》がす手立てといえば……、何も知らない。ならば、取り敢《あ》えず。

1階へ下り、キッチンに直行、戸棚《とだな》の1つを開ける。

さすがに怖いが……。

〈おいっ…、まさかッ！〉

「そのまさかよ！　覚悟はいいわねっ！」

手に取った真っ赤な小ビンを見つめ、大きく息をつき——

〈やめっ……、っっ！〉

「……ひっ、ギャアアァァァッ——！」

意識がブッ飛びかけるが、想像を越えた辛《から》さが、気絶すら許してはくれなかった。

「びっ…、びずっ、水ぅ……！」

「……タズサ？」

顔を横に向け、蛇口《じやぐち》を銜《くわ》えると、最大水量を一気に流し込む。無論、その猛威《もうい》は、ちょっとやそっとで消え去りはせず……、

「おい。聞いてるか？」

「……ゴッ、ボ？」

「何やってるんだ、お前？」

……意識が正常に戻るにつれ、羞恥心《しゆうちしん》が込み上げてくる。まさか、見られてたとは……。

だが、蛇口から口を離すわけにはいかない。

「タズサ！」

「びやっ、ごれはァ…、ふバはっ…！」

ああっ——！

……何という醜態《しゆうたい》。全力で水を吸引しながら喋《しやべ》ろうとした反動で、鼻から水が飛び出してしまった。

タイミング悪く、高島コーチが戻ってきていたのだ。この時間は、リンクでジュニアクラスのレッスン中のはずなのに。

「ふざけるのもたいがい…」

「違うのっ！　水飲んでないと、あばっ…」

弁解すべく、治療を中断し顔を上げたが、我慢できずにすぐ戻る。

「……これを飲んだのか?」

蛇口を銜えたまま、頷《うなず》いてみた。……返す返すも不様《ぶざま》だ。この私が!

「ちょっと結果が悪かったからって、タバスコを一気飲みするスケーターがどこの世界に居るんだ?」

もう一度丹念に喉《のど》を濯《すす》ぎ、できるだけ澄まして向き直るが……、コーチの真剣な表情に、ややたじろぎ……。

「絶対に理解ざれない真実って、あるのよね」

冗談めかして答えると、水浸しになった顔や胸元を袖《そで》で拭《ぬぐ》いつつ、傍《そば》にあったタオルを手に取る。喉が焼け焦げるような感触が、やっと治まりかけて……、

……待って。アイツは?

さっきから、声は聞こえない。右の拳《こぶし》で、側頭部を軽く叩いてみる。

「……やった! ざまあみろ、へへっ!」

成功だ。変な幽霊を追い出した。

「……大丈夫か?」

「いえっ…、何でもないのよ。ちょっと、大きめの寄生虫を退治した…」

〈誰が寄生虫だって?〉

「ぎゃぁぁぁっ――!」

頭を抱えて跳び上がる。

……何でっ？　追い出したんじゃなかったの？

「タズサ……、本当に、どうしたんだ？」

「いや、あの……、どうもしないの。ちょっとした心境の変化…」

「頼むから、ふざけないでくれ」

いつも優しい高島コーチも、さすがに真面目《まじめ》に怒ってる。でも、決してふざけているわけではなくて。

「どう言えばいいのかしら。そう…」

〈どういう了見《りようけん》だよ？　いきなり何すんだ、このポンコツ湯沸かし器！〉

「……っ、ポンコツゆわっ……」

「ん？」

コーチの怪訝《けげん》な反応など、意識の中にはない。おさまりかけた腹の虫が、活動を再開する。

「何よっ！　この変態カナダ人！」

もっと辛辣《しんらつ》な罵声《ばせい》を吐くつもりだったが、咄嗟《とっさ》には……、

「へ…、変態カナダ？」

〈死ぬかと思ったじゃないか！〉

「ええ、そう！　死ねばよかったのに、殺し損《そこ》ねたわ。もう一度やってみる？」

「何でっ…！」

タバスコのビンを再び摑《つか》み……、

〈わ、悪かった。僕が悪かったって！〉

「じゃあ、今すぐ出ていきなさい！」

〈いやっ、それはまた別じゃ……〉

「何で俺がっ？」

……ようやく、コトの不都合に気付く。

ピートに対して何か言うにも、こっちは普通に話さねばならない。不本意ながら、目の前のコーチを思いっきり巻き込んでしまったようで……。

「違うの。コーチに言ってるんじゃないわ。その……」

「何で俺が、変態カナダ人…」

「だから違うっ…」

〈プッ…〉

「アンタは黙ってろ——！」

……あ。またやっちゃった。

優しい優しいコーチが、おろおろしながらこっち見てる。もうダメ。思いっきり、こんがらがって……、

「オリンピックのストレスか？」

「……へ？」

予想外の台詞《せりふ》に戸惑い……、得心《とくしん》した。そう解釈されたワケね。あはは……。

「……すまん。気付いてやれなくて」

「いや、そうじゃなくっ……」

「暫《しばら》く練習を休め。どっかでぱーっと……」

コーチの両の二の腕を——摑《つか》んでいた。

基本的に、誰にどう思われようと気にしない私だが、この人に心配されると……、後々厄介《やっかい》だから。

「違うの。そうじゃないから。すぐ練習に行くわ」

「……タズサ、何かあったのか？」

「ホントに違うのよ。信じてちょうだい」

とことん頑固《がんこ》なのは昔から——

そんな跳ね返りの私相手に、行きすぎたお節介《せっかい》をする度胸は、この人にはない。

「……分かった。頼むから、無理はするなよ」

「ええ……」

あ〜あ。私の嫌いな『家族の絆《きずな》』系統のメロドラマを、自ら演じてしまうとは。

「ああそうだ。用件を忘れかけてたよ」

……その呆《あき》れたような表情と口調から、コトを察するのは造作《ぞうさ》もなかった。

「シスターに叱責《しっせき》された件なら、問題ないわ。ただ、不幸な誤解が偶然、重なっただけ」

ウチの学園の麗《うるわ》しき長所。ちょっとした教育的指導が、保護者に届くまでの時間は、驚異的に短い。

「そうか。ならいいんだ」

最後は笑顔を見せ、コーチはリンクに戻っていった……。


ライトブルーの壁面で囲まれた、私の部屋。

ヨーコに言わせると、本棚《ほんだな》にズラリと並ぶコミックやアニメのDVDが、部屋本来の適度な高級感を台無しにしている、とのこと。

そんな自室に置かれたほぼ等身大の鏡を、真っ向睨《にら》み付ける。無論相手は私でなく……、

〈やっぱ、相当な美人だな、君って〉

思わず顔が緩《ゆる》みかけ……、慌《あわ》てて鏡から目を逸《そ》らす。

煽《おだ》てられるのは、白雪姫《しらゆきひめ》の役柄じゃない。

「私に媚《こ》び売っても無駄《むだ》だから」

〈そうじゃないって。本気だよ〉

……欧米の男ってこれだから。

けど、ま。ピートの台詞《せりふ》がリップサービスでないことは確かだ。

真っ赤な2本のリボンによって後方で2束《たば》に分けられた、艶《つや》やかなロングの黒髪。前髪は適度な房《ふさ》に分かれつつ、睫毛《まつげ》の上まで垂れているが、所々、額《ひたい》に反発するかのように舞い上がり、軽《かろ》やかな弾力を感じさせる。

平均よりやや小さめ、158㎝の身長にして、平均より長い手足と、すらりと細い首。端麗《たんれい》な顔の輪郭《りんかく》、尖《とが》り気味の鼻梁《びりょう》、鋭角に折れた眉《まゆ》、薄く小さな口元と唇、白色発光するかのような透き通った皮膚《ひふ》。

目蓋《まぶた》が掛かり気味の二重《ふたえ》の瞳は、本来の大きさを巧《たく》みに覆《おお》い隠し、他人には、やや眠たそうな、またはドライな印象を与えるようだが、それが僅《わず》かであれマイナス要素となるには、正直、私は美しすぎて……。

「ついでに、その美人をケダモノの視線から守るためのアイディアを、頂《いただ》けないかしら」

〈……タオルで、目隠しでもすれば？〉

……真っ赤なタオルで、完全に視界を封じ。

慎重に、変な所に触らないよう気をつけながら、制服を脱ぎにかかる。上衣に続き、スカートのホックも外して下着だけになった。ヒンヤリ感も手伝い、妙に頼りない。何がって、そりゃ……。

「もう知らない！」

〈……へ？〉

ああもォっ、最低！

端《はた》から見れば、100％変質者だろう。想像するだけで泣けてくるわ。

＊　＊　＊

東京クリスタルガーデンアイスリンク――

真上から見れば楕円形《だえんけい》の建物の中に、リンクが設置されている。鮮やかな水色に統一された側壁に並ぶ、縦長の窓。ややドーム状に膨《ふく》らんだ青い屋根と相俟《あいま》って織《お》り成す外観は、そここに洒落《しゃれ》たものだ。夜になると、窓から漏《も》れる光が周囲の木々を適度に照らし、メルヘンチックと言ってもいい眺めを提供する。

土日と祝日は、昼過ぎから深夜まで一般客に開放されており、クラブの練習は午前中のみ。それ以外は終日使用可能だ。クラスによる優先時間はあるものの、他のクラブに比べ、待遇《たいぐう》的にかなり恵まれている。

生徒の総数は20名。男女比は8対12。アイスダンスの2カップルを除けば、あとは全員がシングルだ。

そして、このリンクのエースと言えば、言うまでもなく……、

「タズサッ」

……この私、の親しきアイスメート、本城ミカの神妙な顔付きで、誰に何を吹き込まれたか想像が付いた。

「シスターに睨《にら》まれて落第決定ってホント？」

「……あのね、ミカ」

無論、彼女は本気で心配している。この子の最大にして唯一の欠点……。

「何でアンタは、そーゆー戯言《ざれごと》を一々信じるのよ？」

「違うの？」

「あのバカが本当のコト言うわけないでしょ」

ホッと胸を撫《な》で下ろすミカ。そりゃ、親友の穢《けが》れなき心に偽《いつわ》りはないけどねえ。

「ヨーコちゃんの話って、いかにもホントっぽくって、つい……」

「ホント、アンタって高島系」

こんな時、私は彼女をこう呼ぶ。

一緒に住んでいる関係上、コーチの娘と間違われるのは私だが、性質からすれば、ミカとの方が遥《はる》かに親子っぽい。

「でも、今日の学校での貴方《あなた》、ホントにおかしかったよ」

「分かってる。誓《ちか》って今日中に、解決するわ」

「……え？」

「いえ、こっちの話」

更なる追及を躱《かわ》すと、氷の上に降り立ち、滑り始め――

〈へえ、上手《うま》いんだな〉

……喋《しゃべ》るなって言ったのに、こいつは。

まあ、ここで相手にするわけにはいかない。

何しろ周りには、私を憧憬《しょうけい》の眼差《まなざ》しで見るジュニアスケーターが多い。間違っても、バカをやるわけには……、

〈気持ちいいな。こんなに滑れたの、生まれて初めて…〉

「アンタが滑ってるわけじゃないでしょっ！」

……私って結構、バカかも知れない。

すぐ傍《そば》で、脈絡《みゃくらく》のない突然の怒声《どせい》に驚いたジュニアの坊やが、ジャンプを失敗して転倒してしまった。

一瞬、謝ろうかとも思ったが、余計泥沼《どろぬま》化するだけだ。何事もなかったかのように再び滑り出すが……、氷に臀部《でんぶ》をしたたか打ち付けたらしいジュニア選手に駆け寄りつつも、アホなオリンピック候補をも気に掛ける、高島コーチの気遣わしげな視線を確認した。

〈言ったろ、感覚を共有してるんだから。自分が滑ってるのと何ら変わりないんだ〉

……危うくまた、爆発しかける。

〈ジェットコースターに乗ってる気分…〉

「黙ってなさい……」

小声で命じる。

薬物による幻覚症状、なんて疑いを招かぬためにも、これ以上の奇行は謹《つつし》まねば。

ウォームアップ終わり。さあて――

バックスケーティングから、少し溜めを作り、ダブルアクセル（2回転半）。

〈うわっ、最高！〉

「……この程度で何を言ってるんだか」

何となしにむず痒《がゆ》さを感じつつも、クールに言い捨てる。

〈やっぱ、かなり足に響くんだな〉

「ま、そりゃね」

ジャンプによっては、全体重の数倍の力が、スケート靴《くつ》の刃（エッジ）にかかる。足首や膝《ひざ》を鍛えておかねば、着氷《ちゃくひょう》の衝撃に耐えられない。

続いて、両足の爪先《つまさき》を180度以上外側に開き、体全体を斜め後ろに倒しながら、弧《こ》を描く……。

〈お、イーグル？　やるじゃん〉

また怒鳴《どな》ってやろうかと思ったが……、ちょっとした好奇心が先立った。

「アンタ、フィギュア知ってんの？」

〈まーね。カナダじゃ、アイスホッケーの次に来るのはフィギュアスケートだから〉

そういや、そうだっけか。

「カナダの観客の、無節操《むせっそう》な地元びいきったら、有名よね」

〈そんなことないよ！　僕らカナダ人は、いい演技をした選手には公平に拍手するんだ〉

……幽霊になっても、母国の悪口は気に障《さわ》るようだ。もっとも、それだけストレス解消のネタが増えたわけだが。

＊　＊　＊

練習が終わり、これから少し遅めの夕食だ。

今日の当番は私。普通はコーチがやってくれるのだが、全てお任せでは気分的に落ち着かず、時々やらせてもらっている。……正直、コーチの料理の方が数倍美味《おい》しいが。

だが今日は、調理にかかる前にやらねばならぬことがある。

いや、実はもう、リミットが迫っている。足を小刻みにバタつかせなければならないほどに。早くしなければ……、

〈あの……、さ。先に、トイレ行ってくれない？　我慢が…〉

「っっっぁっ！」

その瞬間、手元にドリルがあったならば、迷わず己の頭蓋骨《ずがいこつ》に突っ込んでいただろう。

「信っ…、じられないっ！　このド変態っ！」

〈だって、こっちも同じ苦しみが…〉

「だったら早く消えなさいよ！」

〈それができないから、こうして…〉

「言い訳は結構！　黙ってなさい！」

深く考えれば、おかしくなるに違いない。私と同じ……、尿意《にょうい》っ…、なんて！

「さっきから何独《ひと》り言《ごと》言ってるの？　変態だとか、何だとか」

……あちゃ。つい、我を忘れてしまった。私の大声、筒抜《つつぬ》けだったわけで……。

「独《ひと》り芝居《しばい》、っていうなら、結構いいセンいってるけど。タズサに懸想《けそう》するなんて、そこらの変態だけだろね、確かに」

「……ヨーコぉ……、アンタねぇ」

機を見るに敏《びん》な妹は、私の怒りが爆発する前に、そそくさとキッチンを後にした。

「アンのォ…、マセガキッ！」

〈あれで9歳だって？　信じられない〉

「信じなくて結構よ」

もー散々！　ホント散々！　悪夢にしては、絶望的なまでに長すぎる。

何とかしないと、トイレが……。

〈あっ……〉

「ん？　今度は何よ」

〈いや、気のせいだった。何でもないよ〉

……ってコトはなさそうね。あの上擦《うわず》り方、相当焦《あせ》ったと見える。何かを見て？　だとすれば、何だろ。

周りを見渡し、それらしきものを探す。弱点が分かれば、ピートを燻《くすぶ》り出せるかも知れない。早くしないと、マジで我慢が……、

〈なあ……、いつまでも意地張っててもしょうがないよ〉

「黙りなさい」

ピートが取り憑《つ》いている間は、何としてでも我慢しなければ。しかし考えてみれば、何か食べればその分、アレが近く……？

ある意味、地獄に近いかも。

「も、最悪っ！」

まないたの上に置いておいたトマトを引っ摑《つか》むと、思い切り囓《かじ》り付き——

〈——っうエッ……！〉

「ん？」

何？　今の、内臓が引っ繰り返ったような、凄《すご》く悲痛な呻《うめ》き。

〈あ…、いや、何でも……〉

フフッ……、もしかしてっ！

もう一囓りっ！　更にガブリッ！

〈や…、止め、やぁめてくれ…〉

「摑んだわ、アンタの弱点！」

誰に聞かれようと構わない。渾身《こんしん》の叫びを上げた。まるで、悪の大王を倒す唯一の手掛かり

を摑んだお姫様のような。

「トマトがお嫌いのようね！　ホホホホッ！」

〈シッ…、あゥッ、うえェッ！〉

ヘタまで喰い尽くさんとするかのように、残りをがっついた。

「さあ、まだあるわよ！」

冷蔵庫に近付き、野菜ボックスからトマトを……、

「お前、芸人にでもなる気か？」

「……あ」

……傍《かたわ》らに、困惑顔の高島コーチ。

更にその背後から、こちらを見やるヨーコにしても、実の姉の奇行を立て続けに目にしたとあって、さすがに戸惑いを隠せない。

「ちが…、うんだけど」

「本当に、一体どうしたんだ？」

「その……、お願いだから、とにかく放っておいて。どんなスターにも悩みはあるのよ」

両手を組み合わせ、昔の少女マンガみたいに瞳をキラキラ……、させても無駄《むだ》みたい。

「いい加減にしろ、タズサ。トイレに行きたいなら行けばいいじゃないか。何で我慢してるんだ？」

「実はちょっと、行けない理由があって……」

思わず額《ひたい》に手を当て、ため息をつくコーチ。

「タバスコの一気飲み、独《ひと》り芝居《しばい》、突然の奇声、トマトの自棄喰《やけぐ》い、トイレは我慢……。何を理解しろと言う気だ？　学校では一体、何をやらかしたんだ？」

「何も。ちょっと、人類の限界に挑戦を…」

「タズサッ……！」

窘《たしな》めるコーチから逃げるかのように、私は2階へ駆け上がった。

もし、今の状況でトイレを許せば間違いなく、我が人生最大の……、一生モノの恥《はじ》。

しかし、耐え続けて数時間。タバスコショックの際の給水過多も祟《たた》り、正直なところもう、限界に近く……、
ふと、降参の文字が浮かんだ。

個室に入り、下着を下ろし、あの感覚を……、共有——？？？

「いいえ、冗談じゃないっ！」

気丈にそう叫んだが……、30分と保《も》たず。

トイレへ駆け込むしかなかった……。

＊　＊　＊

……間違いなく、人生最大のショックだった。

覗《のぞ》き、などという生易しいものではない。ＮＡＳＡの最新鋭体感シミュレーションなど遥《はる》かに凌《しの》ぐだろう、究極のバーチャルリアリティーを、見ず知らずのカナダ男に提供してしまったのだ。

「も、最低……、最低っ——！」

ベッドにダイブし、布団《ふとん》を被《かぶ》って寝込むが、私がそうすればピートも同じことをしてるわけで……、

「私のプライバシーは何処《どこ》っ……？　ホント、おかしくなりそうよ！」

〈そんなこと言われても……、僕だって何も自由がないんだぞ〉

言われて一瞬、その状況に思い至ったものの……、あいにく私は聖母じゃない。変態幽霊に同情なんて、死んでもするもんですか！

「いいこと？　私の許可なしに一言でも喋《しゃべ》ったら、タバスコじゃ済まないわよ」

〈……分かったよ〉

いつ、頭の中で声が響くかを考えれば、おちおち寝てもいられない。それにしても、指一本動かすその動作にまでプライバシーがないなんて、なんてこと！

「つくづく、人権って大事だわ……」

〈え？〉

「喋るなって言ったでしょォ！」

とにかく。もう２度とトイレには行かない。お風呂《ふろ》など以《もっ》ての外《ほか》。……しずかちゃんだった

らきっと、コワれてる。

まさに悪夢だ。食欲もわかない。もうこのまま、とにかく寝たい。こんな状況で眠れるかどうか分からないが……、寝てしまえばこちらのものという気がする。

……そうよ。

一晩寝て、明日の朝起きれば、悪夢は終わっているわ。ええ、きっとそう。

これは、悪い夢よ。

これはきっと………。

Ⅱ　雨降って……、更《さら》に豪雨。

〈あ、グッド、モーニング〉

……目覚めるなり、これほど愕然《がくぜん》とした覚えはかつてない。夜が明けても、悪夢には続きがあるようだ。

「……アンタも寝てたわけ？」

〈というか、君が寝入ると自動的に僕も……〉

……昨夜は結局、トレーナーのまま寝てしまったみたい。

今日明日と、学校は連休。幽霊に取り憑《つ》かれているとはいえ、練習はしなければ。

……まず早朝ランニング。毎日の日課だ。

ショートプログラムの2分40秒、フリープログラムの4分。フィギュアスケーターに要求される体力は相当なもので、皆苦しみながらも、日々スタミナトレーニングに励《はげ》んでいる。が、それに秀《ひい》でれば、最終盤での高難度のジャンプや、複数のステップシークエンスなど、より密度の濃いプログラムも可能。いい評価に繋《つな》がるのだ。

白桃《はくとう》のような柔肌《やわはだ》にすらりと伸びた手足、そしてその圧倒的な美貌《びぼう》から、プリンセス・タズサと呼ばれる、この私。

その繊細《せんさい》にして可憐《かれん》な容姿とは裏腹に、豊富なスタミナをも併《あわ》せ持つ。とはいえ、才能にかまけていては先はない。だからこうして、ランニングを欠かさないのだが……、

〈すがすがしいね、朝の空気は〉

「アンタさえ喋《しゃべ》らなければね」

こうなれば、とことん走り込んで息を上がらせてやる。そう思い至ったが……。よく考えれば、疲労度も完全に共有するわけで。

「新種の寄生虫ね、まさに。どっかの学会に持ち込もうかしら」

いくら誹謗《ひぼう》の切れ味をよくしたところで、何も変わらないと分かってはいるが、これも私の性格か。昨日来、数え方によっては数百回は軽くこすであろう悪口を、更にネチネチと継ぎ足しながら、いつものコースを走る。

全身に滲《にじ》み始める心地《ここち》よい汗。だが、ある現実に思い至った瞬間……、それはじっとりとした冷や汗に豹変《ひょうへん》した。

汗はまずい。後々、非常にまずい。しかし、練習しないわけにはいかないし……。

「もうイヤ！　生き地獄じゃない！」

〈……いきなり何なんだよ。少しはこっちの身になってくれても…〉

「ンですって？　お風呂《ふろ》にも入れないのは誰のせいよっ！」

……またやった。すれ違いざまの高齢ランナーが、びっくりしてこっち見てる。

〈いい加減、119番に通報されるよ〉

ピートを怒鳴《どな》り付けるなら、前と左右と後ろ見て、誰も居ないの確認しましょ……。

即席で作ったこの標語を、脳裏《のうり》に刻み込む。

「ええそうね。どうせなら、脳神経外科か何かで、アンタを摘出《てきしゅつ》してもらおうかしら」

〈無理だって。君の記憶から何から破壊されるだけ……〉

「100日も居座られたら、間違いなく精神が崩壊《ほうかい》するわよっ！」

……すぐ傍《そば》の街路樹《がいろじゅ》から、数羽のカラスがバサバサと飛び立った。

＊　＊　＊

フィギュアスケーターは通常、1シーズンにつき、1つのショートプログラムと1つのフリー（ロング）プログラムを作る。

2004年ジュニア選手権で表彰台に上り、評価を高めた日本の新鋭、桜野《さくらの》タズサに、世界的に有名なロシア人コーチ、エフゲーニャ・ジルキレフトが、プログラムを作りたいと申し出てきた。

ジュニアからシニアへとステップアップするにあたって、彼女のような有名コーチに目をかけてもらえるとなれば、効果は大きい。

高島《たかしま》コーチも私も大いに乗り気で、ジルキレフトにフリープログラムを任せる運びとなり、夏休みにロシアに飛んで、細かな振り付けまでを指導してもらった。そして。

J・シュトラウスⅡ世のワルツに乗せたプログラムは、ジャッジの間でも高い評価を得る。2005年世界選手権への2枚の切符を懸《か》けた全日本選手権で、日本チャンピオンの至藤《しとう》響《きょう》子《こ》に敗れるものの2位に入り、目的は達成された。

しかし、直前になって至藤の怪我《けが》が発覚。急遽《きゅうきょ》、補欠の選手が世界選手権の舞台を踏むが、準備と実力の双方が足りず、予選落ち。

一方、初出場の私。予選はまあまあの出来だったものの、最も緊張するショートプログラムで2度の転倒を犯し、大きく順位を下げてしまう。フリーでの挽回《ばんかい》もままならず、最終結果は失意の17位。

2004年世界選手権で6位入賞の実力者至藤と、進境著《いちじる》しい若手の桜野。日本スケート連盟の思惑《おもわく》は、2人の活躍で翌年のオリンピック代表枠《わく》を3つに拡大することにあったが、至藤の怪我《けが》でそれは叶わず。

私1人でも、10位以内に入っておけば、枠2つを維持できたのだ。最低限の目標にすら届かなかったショックは、さすがに大きかった……。

そして迎えたオリンピックシーズン。

たった1つとなった女子シングル代表枠は、美人選手として人気の至藤響子と、更に美人の私、桜野タズサの2人を軸《じく》に、争われる——

とまあ、こんな展開の、今期。

実は私は、再びジルキレフトのプログラムを滑るのに、決して前向きではなかった。素質を高く買ってくれているためか、彼女の要求レベルは、私には高すぎるように思えて。だが、高島コーチや三代《みしろ》監督の説得により、渋々承知する。加えて今期は、ショート、フリー共に、ジルキレフト作品でいくことと相成《あいな》り……案《あん》の定《じょう》、未だ高難度のプログラムを消化しきれないでいる。

正直焦《あせ》っている時に、痴漢《ちかん》まがいのカナダ人に取り憑《つ》かれるとは……。

＊　＊　＊

ウチのリンクで、3ヵ月後に迫ったオリンピックへの可能性があるのは私だけ。

高島コーチやミカを始め、みんな、私に気を遣って余分なプレッシャーを取り除いてくれる。あのヨーコでさえも、基本的にはそういった姿勢だ。が……。

たまに、その平和を乱す奴が来る。

「桜野さん。前回の課題はクリアした？」

……御年《おんとし》50代半ば。『イヤミ3代』のあだ名を持つ、フィギュアスケート連盟強化部長の三代雪絵《ゆきえ》総監督だ。代表選手決定において最大の権限を持ち、有力候補の視察、つまり私を見るために、時々このクリスタルガーデンにも足を運ぶ。……はっきり言って、ケムたい陰湿《いんしつ》中年女ってトコ。

170㎝の痩身《そうしん》を覆《おお》うブランド物。コテコテに塗りたくったクリームやアイシャドウも、さぞかし名高い逸品《いっぴん》なのだろうが、耐用年数を過ぎた貧相面《ひんそうづら》を誤魔化《ごまか》すには、尚も不足だ。細い金縁《きんぶち》メガネを何とかすれば、まだ救いようもあるかも知れないけど。

「ええ、ご心配なく。今お見せします」

早くも喧嘩腰《けんかごし》の私に、高島コーチも気が気でない様子だ。……いつものことだが。

やや挑発するような視線を送ると、前回の大会後に監督から嫌味混じりの苦言を呈された、一連のスケーティングを見せた。今期の私のフリープログラムの中盤で、ジャッジの前でしっとりと魅《み》せるパートだけに、エッジ捌《さば》きで変に氷を削《けず》り、ガリガリと音を立ててしまってはまずい。

全身に漂う気品からは想像もつかなかろうが……、私は性格上、相当な負けず嫌いだ。下手《へた》クソと言われて黙って引き下がるわけにもいかず、懸命《けんめい》に練習したのだ。

「少しはマシになったようね。ジャッジが白《しら》けずに見てくれる最低限、ギリギリの滑りにはなってるかしら」

「それはどうも」

無論、このクソババア…、もとい、監督は、私のそんな性格を重々承知の上で嫌味を垂れてくるのだが。

「まあでも、顔が硬直《こうちょく》してるのは相変わらずね。滑ってる貴方《あなた》を見ると、仏像か何かと間違えて拝みそうになっちゃう。貴方、性格悪くても何故《なぜ》か顔はいいんだし、もう少し笑ったらどうなの？」

……一段と悪辣《あくらつ》さを増した監督の嫌味に、己《おの》が頬《ほお》の引き攣《つ》るのを自覚する。何で私の周りって、こんなヤな奴が多いんだろう。

「そういえば貴方、私のこと、イヤミ3代だとか何とかって言ってるみたいだけど……」

……誰だ、バラしたのはァ？

「せっかくだから、私もお返しさせて頂《いただ》くわ。石膏《せっこう》仮面、ってのはどう？　私の若い頃、似たようなのが流行《はや》ってたのよ」

……真一文字《まいちもんじ》に結んだはずの唇が、ヒクヒク震えているのが自分でも分かる。作り笑いもそろそろ限界だ。

「ともかく。ジャッジにしたって、仏頂面《ぶっちょうづら》の東洋人に出す点数なんかないのよ。今のままだったら、貴方が代表に選ばれる可能性は、限りなく低いわよ。ま、その方が選考の手間が省《はぶ》けていいけど」

「……分かってますよ」

感情のベクトルはともかく、監督の言うことに一理あるのは、認めざるを得ない。

「高島さん。貴方からも、ちゃんと言ってやって下さい。この子、それですごく損してるんだから」

憮然《ぶぜん》とする私からコーチに視線を移し、念を押す三代監督。ホント、あり難いことで。

「はい、それはもう……。いつも口を酸《す》っぱくして言って聞かせてるんですが」

「お願いしますよ、本当に」

いつも以上に私の腸《はらわた》を煮えくり返らせ、イヤミ3代はリンクを後にした。

「あンのババアッ！　誰が石膏《せっこう》よ！」

「監督の言うこともっともだぞ。技術はあるんだし、笑わなきゃ損だ。……って、何度も言ってるんだけどなぁ」

「……分かってるわよ」

そう。頭では分かっているのだ。世界で戦うためには、シャイだから、では済まされない。

「分かってるんだけどね……」

〈何か、訳あり？〉

「黙ってて」

……自然にパァーッと笑えれば、どんなにいいだろう。けど多分、私には永遠にできそうもない芸当《げいとう》だ。

＊　＊　＊

止むに止まれず、２度目のトイレに駆け込んだ私だったが、もしもう片方をせねばならなくなったら——

そんな未曾有《みぞう》の絶望感と恐怖が、この私を、理解に苦しむ行動へと駆り立てた。

吸血鬼にはニンニク。

ピートにはトマト。

……とはいえ愚《おろ》かだった。冷蔵庫の容量も考えずに、バカ買いするなんて。スーパーで買ってきた84個に及ぶトマトを前に、さすがに途方に暮れていると……、

「ねえ。スケート止めて、大食いファイターに転身？」

うるさい奴に見つかってしまった。

「違うわよ。栄養のバランスを考えて…」

「トマトばっか山積みにして、何がどうバランスなの？」

……ごもっとも。思わず言葉に詰まる。

「オイルショックでトイレットペーパーってのなら話は分かるけど、何ショックでトマトに？」

……小学3年生に言いたい放題言われてる。何とも不様《ぶざま》だが、そもそも何処《どこ》で、そんなこと覚えるんだろう。

「最近のタズサ、マジで頭の螺子《ねじ》が弛《ゆる》んでるけど。ひょっとして…」

「トマトをいっぱい食べたいと思ったから、買ってきたの。悪い？」

……何と不毛な会話。しかも、圧倒的に苦しい。

「全部食べ切る前に腐《くさ》っちゃ…」

「大丈夫だって！　全部食べるわよっ！」

もう、何もかも最低っ！

取り敢《あ》えず、左右の手で1個ずつトマトを掴《つか》むと、脳内に響き渡る悲鳴を無視して噛《かじ》り付いた。

……トマトを12個、一気に食べ切ったが、悪霊ピートを退散させることはかなわず。

体操や新体操、フィギュアなどのスポーツにおいて、日々の節制と体重の管理は最重要事項。いざ、ダイエットに苦闘する展開は、誰もが願い下げなのに……。

しかも、昨日から下着は替えてない。お風呂《ふろ》もなし。汗まみれの体を、タオルで拭《ふ》くことすらできないのだ。洗面所で顔と髪の毛を洗い、歯を磨《みが》いたものの……、たまったストレスは到底、洗い流せも磨き落とせもしない。

〈……あのさ。気のせいか、体がカユくて〉

「意地でも入らないわ」

ピート駆除《くじょ》の可能性に暗雲立ち込める現状は、認識しているが……。

〈垢《あか》がこびり付いていくだけ…〉

「こびり付いてるのはアンタでしょっ！」

〈そりゃ非道《ひど》い！〉

……ややずれるアクセントが、悲嘆《ひたん》の深さを物語っている。

〈水着、って手はないの？〉

一瞬……、心が動きかけたが、それが私を一層意固地《いこじ》にした。

「何でアンタなんかに！」

〈いや、僕がどうこうより君のために…〉

「意図が見え見えよ！　たとえボウフラが湧いたって、アンタなんかに絶対見せないわ！」

そう。水着となればいわゆる…、ナマ肌っ……。

意地でも出来るか！

しかし、2日目の夜が悶々《もんもん》と過ぎゆく中、必死に考えた解決策の筆頭が……、睡眠薬で深い眠りにつき、その間に誰かに体を洗ってもらうというもの。

けど、高島コーチは男だし……、説明のしようがないし、下手《へた》をすれば、コーチが猥褻《わいせつ》行為で逮捕《たいほ》される。というか、こんなことを実践《じっせん》するバカはいない。

「ああ、いつまでこの地獄が……」

＊　＊　＊

3日目。

前日のトマトの自棄《やけ》喰《ぐ》いも響き、いよいよ最悪の事態が現実味を帯びてきた。

心なしか、膨《ふく》らみ始めたような下腹部。無論その中身は、まだ見ぬ世界に想いを馳《は》せ、あどけなく微笑《ほほえ》む汚《けが》れなき天使、などではなく……。

表面上、飽《あ》くなき執念を見せていたものの、本能的には断念し始めていた。1ダースのトマトを以《もっ》てしても、ピート・パンプスという名の悪霊の退治はかなわなかったのだ。

となれば、来《きた》るべきX－DAYに対しての覚悟が必要——

「いいえ……！　私は奇跡を信じてるわ」

〈最初からあれほど、あり得ないって…〉

「一生モンなのよっ！　世界遺産級の大恥なのよっ！　アンタみたいなデリカシーゼロの男に、私の……」

思わず口籠《くちごも》り……、

〈なっ……！〉

「ホンット！　アレの代わりにアンタを排泄《はいせつ》できたら、どれほどいいか！」

その反動から炸裂《さくれつ》した、自分の想像を超える悪口に……、さすがのピートも、絶句した。

我ながら非道《ひど》い言い草だとは思うが、それで気が晴れるのも確かで……、

〈なんてヤツだ！　本当になんてヤツだ！〉

その声から感じ取れるのは、ありったけの侮蔑《ぶべつ》。さすがの私も、やや反省しかけ……、

〈君みたいな人は、一生独身間違いなしさ！　この陰険、陰湿《いんしつ》、性悪《しょうわる》のボウフラ女！　世界一の性格ブス！〉

「……ん、ですってぇ！」

自省《じせい》の芽が瞬時に蒸発し、取って代わった怒りが……。

命懸けの決断をさせた――

「茹《ゆ》でタコにしてやるっ！」

向かう先は、バスルーム。

＊　＊　＊

「……あ」

……ひょっとしてここは、あの世？

お花畑が見え……。

「タズサ？」

……ああ、掛け布団《ぶとん》の絵柄だ。どうやら。

「タズサ、気付いたか？」

「……生きてたみたいね」

ベッドに横たわった私。傍《そば》に、高島コーチと妹。目の前、即《すなわ》ち天井には、私のお気に入り、麦わら帽のコミックヒーローのポスター。

〈……この、大バカめ〉

頭の中で響いたその声に……、諦《あきら》め交じりのため息が、自然と生じた。

気絶するくらいに茹《ゆだ》っちゃえば、コイツを追い払えるかも。そう思って、46℃の熱湯に延々《えんえん》と浸かり続けて……、でもやっぱ、効果はなかったみたい。

死ぬ気で我慢したのに、ああ無情……。

「タズサ。もういいんだ。何も考えずに休んでろ」

視線を戻し、見やったコーチの顔には……、教え子の苦悩を汲《く》み取ったと確信した教師の、寛容《かんよう》な笑みが浮かんでいる。

……2度、深呼吸をした。

「いい？　私はね」

「いいからもう…」

「黙って聞いて」

……のぼせたせいか、ろれつが回らないもどかしさ。加え、自分の正気を何度も説明するバカらしさに辟易《へきえき》しつつも、両の掌《てのひら》を出してコーチを遮《さえぎ》る。

この桜野タズサ、オリンピックごときで精神的に参ってしまうスケーター、と思われるのだけは我慢ならない。

「ここ2、3日の私の言動は全部、ちゃんとした理由があるの。今はダメだけど、いずれ説明する。コーチも絶対、得心《とくしん》がいくわ。私は極めて正常よ」

「平和な高島邸《てい》のバスルームで茹であがっといて、正常も白金《しろがね》もないと思うけど」

……別に、このガキに心配してもらおうなんて、これっぽっちも思って…、

「しかも、何故《なぜ》かスクール水着でね。まあ、洗濯板《せんたくいた》みたいな悲惨《ひさん》な体型を隠したいっていう、人並みの羞恥心《しゅうちしん》が出てきたところ見ると、タズサも少しは大人に…」

「こら、ヨーコ」

いつもの気力を蒸発させた私に代わり、妹を制した高島コーチ。

「で、何か？　今さっきの極《きわ》めつけの奇行にも、論理的な理由があると、そういう気か？」

「ええ」

……コーチの顔が、鼻先まで近付く。

「いいかタズサ。心の病ってのは、自覚症状が…」

「コーチ！」

気怠《けだる》い体を猛然と起こし、声に力を込める。

「あのね。オリンピックだろうが何だろうが、このタズサ様に限って、重圧に負けるなんてあり得ないの。分かってるはずよ」

……ドラマなどだと、ここでメインテーマが流れ、コーチも折れる、ってな展開になるのだろう。

いわば切り札《ふだ》となるべき台詞《せりふ》だと自分では思っていたが、どうも思い込みであったらしい。コーチの追及を振り切るまで、この後更に、たっぷり2時間を要したのだ。加えて、明日までの安静を命じられた。

＊　＊　＊

ピート憑依《ひょうい》から4日目。

いよいよ膨《ふく》らみだした下腹部の蠢動《しゅんどう》をできる限り無視しながら、朝食のテーブルにつき、朝刊を開く。と、スポーツ欄《らん》のある部分に、見慣れた名前を見付けた。

フィギュアスケート、三代監督、至藤響子、そして、この私、桜野タズサ。

――至藤、桜野、両選手によって争われる見込みの、フィギュアスケート女子シングルのトリノ五輪代表について、もしグランプリシリーズを終えての段階で、両者に決定的な差異《さい》が生じた場合、全日本選手権を待たずして、代表を内定するとの見解を、連盟監督の三代氏が示した――との内容だ。

グランプリシリーズは全部で6大会。

私はアメリカ大会と、日本で開催されるHNK杯フィギュア。至藤はドイツ大会と、同じくHNK杯に出場する。

それぞれの大会で、1位から順にポイントが与えられ、6大会終了時点でポイントの多かった上位6名が、グランプリファイナルという大会への出場権を得る。

だが私は、アメリカ大会で惨敗《ざんぱい》して0ポイントだ。たとえ、HNK杯で優勝しても、ファイナル出場はほぼ絶望的。対する至藤は、過去2回、世界のトップ6が集結するこの大会への出場を果たしている。そして今回も、十分に圏内《けんない》……。

三代監督の発言ごときに結構なスペースを割《さ》いているあたり、私と至藤響子の争いは、想像以上にホットな話題なのかも知れない。

階段を下りる小さな足音が聞こえ……、

「おはよう、バカ姉貴」

9歳のクソ生意気な妹が、眠たげな目を擦《こす》りつつ、私の向かいに座る。

「おはよう、ヨーコちゃん。朝っぱらからケンカ売ってんのかな？」

〈ああ、麗《うるわ》しき姉妹愛だね〉

……このスケベ幽霊とは、昨日より冷戦状態に突入している。しかし、この場でコイツを罵《ば》倒《とう》すると、またコーチやヨーコに何を言われるやら。

〈もっとも、実の姉がこんな奇天烈《きてれつ》単細胞ともなれば、同情…〉

「——ったァ（×2）！」

悲鳴が重なる。

膝頭《ひざがしら》を、わざと、テーブルの角に思い切りぶつけたのだ。この幽霊を黙らせるために。

痛みを堪《こら》える私の目の前で、互いに顔を見合わせたコーチとヨーコ。特に妹は、両の掌《てのひら》を上に向け、悲しげに首を振り、肩を竦《すく》めつつ私を見てる。……何とも器用なヤツ。

〈痛いじゃないかっ！〉

抗議の文句が脳内に響くが、単細胞呼ばわりされて引く気はなく……、もう一発！

「あィっ（×2）！」

再度の激痛に涙すら出かかるが、ピートの呻《うめ》きが私を癒《いや》し……、

〈いい加減にしろ！　この肥《こ》えだ☆女！〉

「――っ！」

今、なんて……？

ショックのあまり、視線が宙をさまよった。

「……こえ、だぁ…？」

〈容量だけは大きいみたいだけど…〉

「肥え★め女ですってぇっ――！」

憤激《ふんげき》に任せて立ち上がった私の両の拳《こぶし》が、テーブルの食器類を根こそぎ撥《は》ね上げる。尻で素っ飛ばした椅子《いす》が引っ繰り返り……、

「殺すっ…！　ブッ殺す！」

さしものヨーコも竦み上がり、コーチにしがみ付く。その傍《かたわ》らを通過した私は、猛然と冷蔵庫の扉を開き――

「止めないでっ！　コーチ！」

「やめてくれ、タズサ！　大食い大会に出たいなら出してやるからっ！」

「やらせてぇぇぇっ――！」

……コーチの命懸けの制止が、トマト中毒患者の発作《ほっさ》を抑えた、と。

あとで聞いた。

＊　＊　＊

学校からの帰還を果たした頃、私の腸は未曾有《みぞう》の圧迫に苛《さいな》まれていた。

あの悪夢以来、下劣《げれつ》な悪霊によって次々と冒されてきた私の尊厳。最後の扉が辛《かろ》うじて、守護者《しゅごしゃ》の執念で封印されている。

だが、これを解き放った時、私の全てが、ミリ単位のかけらも残さず崩壊《ほうかい》しないとの保証はあるまい。

「ううっ…！」

微量の熱を伴《ともな》った重厚な痛みが腹部に生じ、私は思わず蹲《うずくま》った。計算すると、丸々5日間。固形排泄《はいせつ》を停止したままだ。我が生涯《しょうがい》記録の大幅更新は疑いない。問題は……、それがまだ続行中であること！

生まれてこのかた、便秘の経験などない。当然だ。美しいこの私が——

〈アウッ…！〉

今度は頭の中の変態霊が呻《うめ》いた。

私は泣きたくなった。情けなさなんて、とうに通り越しているのに。

「もういや……、くあっ…！」

両手でお腹《なか》を押さえる。というか、宥《なだ》める。

〈頼むよタズサ！　もう限界なんだよっ！〉

「何でアンタが限界なのよ！　それに、何度も言うけど…」

〈美人はウン☆なんかしない。それは分かった！　分かったから、トイレに入ってくれ！〉

「何のために？」

〈決まってるだろ！　ウ★コのためだっ！〉

……理路を取り繕《つくろ》う余裕《よゆう》すらないと見える。決壊《けっかい》寸前の苦悶《くもん》は、ピートにも等しく伝わっているだけに。

加えて。

〈ああ、ほら。もうダメだ……〉

「何か、悪いものでも食べたっけ？」

心当たりはないが。どうやら緊急的現象が発生したらしく……。

「ううっ、っわわっ！」

……5両編成のシベリア超特急！

無理、絶対に無理！　どんなバリケード張ったって、止められるわけがない。

〈おい、頼っ…、ああ、もうダメだっ！〉

両足をバタバタと踏みならし、暴れだす私。

「なーに？　このバカ姉貴が今度は何やってるの…」

部屋のドアから顔を覗《のぞ》かせたヨーコだったが……、額《ひたい》に脂汗《あぶらあせ》して奮闘する姉に、さしもの妹もかける言葉は見つからないのだろう。

帰結《きけつ》が明白であることを知りながらも、最後の抵抗に精力を傾けたが……、遂に。

忍耐の極《きわ》みを突破された私は、淑女《しゅくじょ》の本能的羞恥心《しゅうちしん》により、机の上のMDウォークマンを引っ摑《つか》み、ヘッドフォンを装着すると、フルボリュームに設定。呆気《あっけ》に取られるヨーコを突き飛ばして自室を飛び出し、神速《じんそく》を以《もっ》てトイレに飛び込むと同時に、下着を下ろす。

ベートーベンの第9交響曲、第4楽章の壮麗《そうれい》な歓喜主題に身を委《ゆだ》ねつつ。

全てを解き放った──

＊　＊　＊

「……最低」

……その呟《つぶや》きが自分のものであることを認知すると、私は少し力を込め、もう一度声に出す。

「最低。も、何もかも……」

どうやら、私はまだ正常だ。ショックのあまり失語症に陥《おちい》る……、ようなこともなく。

ただ、とうに演奏が終わったにも拘《かか》わらず、ヘッドフォンを外すことも忘れ、半ば茫然《ぼうぜん》と便座にたたずんでいた。

丸5日分の蓄積はとうに彼方《かなた》だが、あまりに残酷《ざんこく》な記憶を流し去ってはくれない。

私は、首を2、3度横に振り、ノロノロと立ち上がった。決壊の瞬間から、優に15分は経過している。

〈あの……〉

まるで、眠れる専制君主に話し掛けるように、恐る恐る切り出してきたピート。

「何よ？」

〈いや…、下着を上げなくてもいいのかなって…〉

「――っ！」

……瞬時にブチ切れた私は、冷蔵庫に直行。トマトを胃袋に詰め込んだ。

Ⅲ　ワン、モア、チャンス？

グランプリシリーズ、ドイツ大会。

私のライバルである至藤《しとう》響子《きょうこ》が、３位に入り、表彰台に上った。

背は私より10㎝近く高く、そこそこに長い手足と、いかにも貴族的な容貌《ようぼう》を持つ。彼女の気の強さを如実《にょじつ》に表す細く切れ長な瞳は、欧米人に、東洋の神秘なるものを強く感じさせるのだそうな。

御歳《おんとし》23歳の金持ちの令嬢《れいじょう》だが、確かな技術と正確さに加え、指先まで行き届いた丁寧《ていねい》な表現力を併《あわ》せ持つ。クラシック音楽の使用頻度《ひんど》が高く、今シーズンもその系統だ。

ただフリープログラムにおいては、やや趣《おもむき》を変え、明治初期の深窓《しんそう》令嬢をイメージした、凝《こ》ったプログラムに仕上げてきている。

３年ほど前に、『風と共に去りぬ』のスカーレット・オハラを演じたプログラムは、至藤の元来の個性とも相俟《あいま》って大層《たいそう》な評判だった。そしてまた違った魅力をアピールすることに成功している。

「手強《てごわ》いわね……」

テレビに映る彼女の演技には、さしもの私も唸《うな》らざるを得ない。

3週間後のHNK杯では直接対決となるが、ここで大差が付くようでは、もう私にオリンピックの望みはない。勝つか、少なくとも至藤に食らい付き、全日本選手権まで選考を持ち越さねば……。

〈笑顔がいいね。誰かさんとはえらい違いだ〉

「うるさいわね。外面《そとづら》だけはいいのよ、この女は」

そう。そこが、至藤と私の最大の違い。

美人選手として（無論、私には及ばないが）の人気、気の強さなど、はっきり言って、2人は似たもの同士なのだ。

故《ゆえ》にかどうか、彼女との仲はお世辞《せじ》にも良好とは言えず、お互い、余程《よほど》の必要がない限り口もきかない。日本のトップを争うライバルである以上、不都合なこともないけど。

ただ一点、彼女が決定的に勝るのが、他人受けの良さだ。公私を問わず、相手を問わず、思ったことがすぐ口に出る私と違い、時と場合を弁《わきま》え、言うべきでないことは言わない。

バカなマスコミへの穏やかなあしらい方など、一流外交官も顔負けだ。

本音を巧みに包み隠し、無用な敵は作らない、理性的な女。

……そこが気に入らないのよ。

尚、このドイツ大会に優勝したのが、昨シーズンの世界選手権、つまり、8ヵ月前。

弱冠《じやっかん》14歳2ヵ月で頂点に登りつめた、ロシアの天才少女、リア・ガーネット・ジュイティエフ（ガーネットは愛称）。

若きアイスマスターだ。

星をちりばめたような大きな碧眼《へきがん》と、細く薄めの鼻と唇。質量共に恵まれた藍《あい》色のショートカットに包み込まれた小さな顔は、精巧《せいこう》な人形の如き印象さえも、与えずにはおかない。雪の結晶で編み込まれたかのような白い肌は、その高純度も手伝い、時に青白くすら輝いて、銀盤に映えるのだ。

卓越《たくえつ》した技量に加え、非の打ち所のない美貌《びぼう》とくれば、人気沸騰《ふっとう》も至極《しごく》当然。マスコミの追従《ついしょう》も目に見える。彼らはこぞってこう書くだろう。オリンピックチャンピオンは、リア・ガーネット以外になし、と。

ただ彼女にも、私との妙な共通点がある。私並みの美人であることも一つだが、表情に極めて乏《とぼ》しいのだ。公式会見や大会後のパーティーにおいてだけでなく、フィギュア雑誌などのプライベートな写真を見ても、徹底して無表情。その点では間違いなく、私以上の強者《つわもの》だ。

が――

氷上においてのみ、彼女は変身する。

150㎝にも満たない身長、成熟前の肢体《したい》、しかも齢《よわい》14歳にして……、尊大なまでの笑みと目線、色気を醸《かも》し、ジャッジや観客、テレビの視聴者までを圧倒して止まない。

無論、世界一の技術あっての威圧感だろうが……、それだけには留まらないのだ。

時々私も、彼女の振りや動き、技を見ては、それを真似《まね》てみる。自分以上の力量を持つ者への憧憬《しょうけい》と、敬意を以《もっ》て。

だが――

どうひっくり返っても、私には無理。あのように豊かな表情や表現は……。

＊　＊　＊

〈アウッ……！〉

「ぅるさいっ！」

……妙に腹立たしい。

ジャンプを下り損《そこ》ね、尻餅《しりもち》をついたが、当の私が黙って起き上がってるのに、頭の中で響く、外人丸出しの声。

「転ぶ度《たび》にアウアウ喚《わめ》かれちゃ、堪《たま》らないわ」

〈君も僕の立場になってみれば分かる。僕の意志とは関係なく、転ぶわ躓《つまず》くわ、エッジを足に突き刺す…〉

「私のっ…」

……意志とは関係なく、着替えやお風呂《ふろ》を監視されるわ、排泄《はいせつ》の感触を共有させられるわ

――！

……と、こんな台詞《せりふ》を大声に出し、リンク中の顰蹙《ひんしゅく》と憐愍《れんびん》を買う前に、ブレーキが効くようになっただけでも、大きな前進かしらね。

「ご機嫌斜めだな、タズサ」

高島《たかしま》コーチが、今やリンク一の問題児と化した私の元へ、滑り寄ってきた。

「で、どうだ？」

「あんまり良くない。やっぱり、ステップから直、ルッツのコンボってのは、危険すぎるわ。もし次、またミスれば、至藤女史を喜ばせるだけだし」

「そうか。じゃあ普通に、助走から入るか？」

「その方が良さそうね」

……とは言うものの、どうも煮え切れない。演技の技術的なレベルを抑えれば、成功確率は高まるが、得点は伸びない。

今の私には、リスク覚悟の攻めの姿勢こそ必要なのではないか。そう思うこともあるが、失敗続きの昨今《さっこん》を顧《かえり》みれば……。

コーチはいつも、後悔しない選択をしろ、と言う。アドバイスはしてくれるが、最終的な判断は私に任せてくれる。

その期待には、応えなければならない。

五輪選考の第2ラウンドとなる、日本開催のHNK杯まであとわずか。アメリカ大会で惨敗《ざんぱい》している以上、次は最低、表彰台に――

＊　＊　＊

12月に入り、HNK杯フィギュアが始まろうとしている。今年の開催地は、杜《もり》の都、仙台《せんだい》。

今大会の出場選手を一覧する限り、優勝候補筆頭は間違いなく、イタリアの19歳、ガブリエラ・パピィ・ポッゾだろう。2004年の世界選手権で、17歳にして3位に入り、表彰台に上った実力者だ。

私に代表されるように、気位の高いお姫様系のキャラが多い中、彼女ほど気さくで、誰にでも好かれる選手は珍しい。

160cm代前半の背丈《せたけ》に、よく陽に焼けた小麦色の肌。赤茶髪のポニーテールと、薄茶色のイタズラっ子のような瞳がチャームポイントだ。

底抜けに明るく、常にフレンドリー。記者会見においても、常に周囲に気を配り、皆を笑わせたり和《なご》ませたり。

……フィギュアスケートも採点競技である以上、競技者やコーチのみならず、各国の連盟《れんめい》やマスコミ、ファンに至るまで、採点への文句や不満が絶えることはない。

1つの大会ごとに、採点に対する様々な異論や失望が生じる。時には、ライバルの点数に対しても。だがそれは、至極《しごく》当然な成り行きであり、選手やコーチが会見で抗議するのは日常茶《さ》飯事《はんじ》。余程《よほど》のものでないかぎり、この競技の一面として、ファンやマスコミにも容認される。

まだ19歳のガブリエラだが、少なくとも数年間、世界の第一線で戦ってきたわけで、鬱積《うっせき》したものもあろう。だが彼女は、少なくとも公式の場で、ただの一度も、ジャッジに対する不満を漏《も》らしたことはない。ついでに言えば、私的な場でそれを行ったと証言する者も皆無《かいむ》だ。

世界のどこに行っても人気者の彼女だが、あまりに清廉《せいれん》なその姿勢は、彼女のファンすらをヤキモキさせるようだ。たまには、ガツンと言ってやってもいいのに、と。

……ともかく、そんな彼女を嫌えというのは、まともな人間には不可能だろう。何せ、この私にすら、大いに好かれているのだから。

〈どうせなら、ガブリーのような人格者に憑依《ひょうい》したかったけど〉

……非礼な皮肉に対しても、切れず怒らず、即、トマトに走ることもなくなった。私の人格が飛躍的な向上を示しているのか、それとも単に、ヤワになっただけだったり？

「彼女みたいな正真正銘《しょうしんしょうめい》の天使に取り憑《つ》いたら最後、アンタ、1万年は地獄から這《は》い出せないところだったわね」

〈そうだね。まあ、タズサだったら閻魔《えんま》様も、大目に見てくれるかも知れない〉

「……私は、閻魔様ほど寛大ではなくってよ」

ピートは震え上がったかも知れないが、別段、腹が立ったわけでもない。彼に対するストレスは、あの悪夢のX―DAY以降、それほどは……。

やっぱ、思い出しただけで腹立たしい。

「どうせなら至藤に取り憑いて欲しかったわ。さもなくば、ドミニク・ミラーとか」

〈……敵が多いんだな、君って〉

まあ、どうせコイツと付き合わなきゃならないのも……、そういや、いつまでなのかしら？

ふと気が向き、ファーストコンタクトの日から100日目を数えてみると――

「……ドンピシャじゃない」

もう一度確かめるが……、やはり間違いではない。

五輪フィギュアのクライマックス、女子シングルフリーの日だ。まるで測ったように……。

〈どうも、そうみたいだね〉

「……アンタ、前世の私に恨みでもあるの？」

＊　＊　＊

競技に先立っての記者会見――

招かれたのは、2人の日本代表候補と、ガブリエラ、そしてもう一人、ロシアのオルガ・モトコワだ。

過去、3度の世界選手権を勝ち取るなど、ここ10年近く、フィギュアスケート界の顔の1人だったオルガも、もう27歳になる。

前々回も2位だったが、前選手権は6位と振るわなかった。今期を最後にアマからの引退を表明しているが、新体操選手並みの飛び抜けて柔軟な体を活かした奇抜《きばつ》で美しいスピンと、個性的な振り付けは健在だ。

今も、ボリュームのある栗色の髪の下から醸《かも》し出す、物憂《ものう》げな視線を宙に泳がせ、時折ため息らしきものをつく。その風貌《ふうぼう》や動作から、何らの俗世《ぞくせ》的要素を見出《みいだ》せはしない。

現在の体調は？

これが、4人に対する最初の質問。……初《しょ》っ端《ぱな》から、マニュアルそのものだ。

ガブリーとオルガはそれぞれ通訳を介し、続いて至藤の型通りの返答。そして私の番。

基本的に日本のマスコミは、会見に呼んだ選手に対しては、概《おおむ》ね公平に質問し、落差を付けぬよう気を配る。その点に関しては、美徳として認めてもいい。

私が、普通です、と素《そ》っ気《け》なく答えると、やや白《しら》けたかのような雰囲気《ふんいき》が流れ……、別の記者が手を挙げる。

「至藤選手に伺《うかが》います。先頃、三代《みしろ》監督から、今回の結果如何《いかん》によっては、すぐにでも五輪内定という話も出ています。この点について、何か意識されることはありますか？」

一応のライバルの視線が、一瞬、私に注がれたような気がしたが……、気のせいだろう。至藤がかつて公《おおやけ》の場で隙《すき》を見せたことはない。

「私にできることは、この大会で最善を尽くすことだけです。五輪代表に誰が選ばれるかは、選ぶ側の方々にお任せすることしかできないので」

……当たり障《さわ》りのない、見事な答え。皮肉交じりにそう思う。

質問に対し明確な答えを返さぬのも、日本人的な美学というところか。私には理解できないけど。

「桜野《さくらの》選手はどうです？」

質問がこちらにも振られ、私はすぐに口を開いた。

「アメリカでの私の内容がひどかったので、そういう話になったのも仕方がないかなと思います。どう客観的に考えても、後がなくなったのは確かですから、今更選考について意識しませんし、しても意味がありません」

別に、記者会見での質問内容を想定して、あらかじめ答えを用意するようなことはしない。そこまでマメではない。しかし、私の返答は時として、理知的に過ぎると思われるらしい。要は、まだ16の小娘のくせに……。そんなところか。

マスコミや連盟のお偉方《えらがた》、ついでに一般の観客も総じてそうだが、スポーツ選手、特に女子には、従順、素直、純朴《じゅんぼく》、そして可愛《かわい》らしさ……。

こういったものを求める。実に、しょうもない――

〈アハハハッ〉

……ピートの笑いが、澱《よど》み始めた私の意識を引き戻した。気が付くと、記者の視線は皆、ガブリーへ向いている。彼女が例によって、その場を和《なご》ませているのだ。

しかし、私に取り憑《つ》いた幽霊までを笑わせるとは……、ちょっと面白くないかも。

まあ、ともかく。

たとえ記者達のお粗末《そまつ》な質問に当惑しているとしても、それを微塵《みじん》も感じさせないガブリーの寛容《かんよう》さたるや……。私自身がそうなりたいと望むわけではないにしろ、彼女のような人にはやはり、敬服せざるを得ない。

しかし、この会見そのものは、私にとって何らの感銘《かんめい》をもたらさず……。多分、カメラマン達のフィルムには、つまらなさそうな私の顔がいくつか、焼き付けられているのだろう。

＊　＊　＊

シングル種目は、ショートとフリーを合計して、順位が争われる。

ショートプログラムの演技時間は、2分40秒だ。この間に、3つのジャンプ、3つのスピン、そして2つのステップを含む、計8つの要素を盛り込み、演技を構成する。女子の場合、2つのステップの内1つは、スパイラルなどのスケーティング動作を指定される。

今シーズン、私のショートプログラムの使用曲は、サラサーテのツィゴイネルワイゼン。ただ、エフゲーニャ・ジルキレフトのプログラムは難しくて……。

抽選の結果、私の滑走順は、出場12選手中9番目に決まった。ついでに、直前の8番滑走が……。

「奇遇ね、桜野さん」

至藤響子が自ら話し掛けてくるなど、稀有《けう》なことだ。

「それほど奇遇でもないと思うわ。単に、貴方《あなた》の直後ってだけよ」

「それもそうね。ところで……」

……内容も盛り上がりもドラマ性も皆無《かいむ》の会話。ただ、先方にしてみれば、一応の意図があったようで。

「貴方、スケート止めて大食いに転向するって聞いたんだけど……」

……私は多分、フグのように膨《ふく》れ上がっただろう。

「ガセだったみたいね」

それだけ言うと、彼女はさっさと踵《きびす》を返し、抽選会場を出ていった……。

＊　＊　＊

翌日、女子シングル、ショートプログラム。

グランプリシリーズ6大会の1つであるこの大会に出場権があるだけで、既に世界の中でも限られた選手であることを意味する。

ショートプログラムの段階で、ほぼ満席に埋まった客席を見れば、この大会の注目度が分かろうというもの。ガブリエラ・パピィ・ポッゾの人気もあろうが、私と至藤のどちらがオリンピックの代表権を得るか、それが焦点であることも確かだ。

個人的感情は別にして、前回の世界選手権以降、私達の関係は確かに、『因縁《いんねん》』という使い古された2文字で表現される。

直前で怪我《けが》をして、出られなくなった至藤。一方、惨敗《ざんぱい》によって、オリンピック出場枠《わく》を1つに減らしてしまった私。安定感のある至藤の怪我《けが》が無ければ、彼女が10位以内に入り、2枠を獲得《かくとく》できていたと思われる。

1枠《わく》を巡《めぐ》って争わねばならぬ原因は双方にあるのだが、敢《あ》えてどちらか、と問われればそれは、やはり私なのだろう。

2枠を守れなかった私ではなく、17歳で初出場、以来、4度の世界選手権に出場し、その全てでトップ10入りを果たした至藤をオリンピックに。

それが、連盟の大半を占《し》める意志であろうし、マスコミも、ファンの多くも、彼女を望んでいる。……私ではなく。

[第2グループの選手の方は、練習を始めてください]

……ハッと気付くと。

既に整氷作業は終わっていた。

〈大丈夫かい？〉

一応の気遣いを示すピート。……そういえば、今までずっと無言だったっけ。

だが、周りに他の選手が居る中だ。私は無言のまま、まっさらに戻ったリンクに出て、練習を開始する。

至藤が8番、私が9番、ガブリーが11番滑走。第1グループの6人の演技が終了し、当然のように、オルガ・モトコワがトップに立っている。

今大会のメンバーの実力からすると、1番手はガブリー、オルガが2番、至藤が3番手、と目されるのは、まあ妥当《だとう》なところだ。

私は、良くて4番手というところか。だが、それでは困るのだ。

＊　＊　＊

［8番。至藤響子さん、日本］
場内の大歓声に迎えられて、鮮やかな赤地に3本の黒のクロスラインが入ったコスチュームに身を包んだ、至藤が登場する。晴れやかな笑みを、まあ美人と形容できるであろう顔に、存分に湛《たた》えながら。
こういった時、一切《いっさい》他人を気にしない選手が大半だが、私は、特にライバル選手の演技となれば、たとえ自分の直前滑走であっても、見ることにしている。正直、見ない方が良かったと思う時も多いのだが。
例えば此処《ここ》で、至藤に完璧《かんぺき》な演技でもされたら――

曲は、エリーゼのために。

至藤が、トリプルルッツからダブルトゥループのジャンプコンビネーションを決め、場内は早くも歓声に包まれた。

スピンコンビネーションで観客を沸かし、再び、リンクを大きく使いながらスピードを加え、トリプルフリップをも成功させる。

リンクサイドのカーテンの傍《そば》で、私は小さくため息をつき……、

〈気にすることはないさ。タズサはタズサ…〉

「黙ってなさい」

即座にピートを遮《さえぎ》ったものの、一瞬の後、プレッシャーは更に増してしまったようだ。

「……分かってるわよ」

言葉の刺《とげ》を取り、宥《なだ》めるように繰り返す。それは半ば、自分自身に向けたものだったが。

＊　＊　＊

ほぼ完璧《かんぺき》な演技を終えた至藤響子は、ジャッジ及び四方の観客に笑顔を振りまき、投げ入れられた多数の花束の幾つかを拾い上げ、意気揚々《ようよう》とリンクを離れた。

キス・アンド・クライ（演技を終えた選手が、コーチなど関係者と共に、点数を待つエリア）の真紅の長椅子《ながいす》に腰掛け、両手を振って歓声に答える至藤が、大型スクリーンに映し出さ

れ、場内の歓声は一層高まる。

ほとんどの目がキス・アンド・クライに注がれる中、リンク上で一歩一歩確かめるように、ウォーミングアップを行うのは、次の演技者たる私だ。

点数が読み上げられる。観客の拍手がそれに続く。スクリーンに目をやらずとも、場内アナウンスが至藤の高得点を教えてくれた。まさか、耳を塞《ふさ》ぐわけにもいくまいし。

技術点が5・4から5・6、芸術点が5・5から5・7。6点が満点である以上、なかなかの点数だ。多分、オルガに次いで2位につけたはず。

そして。

［9番。桜野タズサさん、日本］
やはり歓声に迎えられた私は、できるだけ悠然《ゆうぜん》と滑り出し、リンク中央で止まった。山吹色《やまぶき》のコスチュームに身を包んだ私自身を、一呼吸の間に見やり、大きく深呼吸をして息を整える。

……数瞬の静寂。

ヴァイオリンの音色が響き渡り、桜野タズサのツィゴイネルワイゼンがスタート。

指先にまで神経を集中させ、腕ともども優雅に伸ばし、氷上を滑り始める。

最初は、トリプルルッツからダブルトゥループのコンビネーション。ショートプログラムにおける要素の失敗のダメージは、フリープログラムでのそれと比べ、遥《はる》かに大きい。

もしジャンプで転倒したり、3回転を跳ぶべき所で2回転に終わってしまったりすると、即座に技術点から0・4点を引かれる。そして、それを取り返すことはできない。

昨期の世界選手権では、ショートプログラムでの3度のジャンプの内、2度を失敗し、それだけで1点近い減点。更に動揺《どうよう》から、流れが完全に途切れ、悲惨《ひさん》な結果に結びついてしまった。

……いけない。

ごく一瞬の間に、つまらない記憶が脳裏《のうり》を掠《かす》めたのだ。何考えてるのかしら。ちゃんと集中して、跳ばねば。

1つ1つの要素ごとに、数え切れぬほど練習を繰り返してきた。過剰《かじょう》に意識せずとも、体が覚えて――

離氷《りひょう》。空中で回転。そして……、

「――あっ！」

着氷《ちゃくひょう》に……、失敗。

……我に返るまでの一瞬で、完全に尻餅《しりもち》をついた自分を認識。

「もうダメかも」

即座に起き上がりながらも、私はそう口にした。そして……、何らかの反応を期待した。

でも、ピートはそんなバカじゃなかった。

＊　＊　＊

2分40秒の演技を終わり——

明白な失敗はあの1つだけだった。

四方にお辞儀《じぎ》をしてリンクを後にする私を、多くの拍手が称《たた》える。だがそれが、満足や感動から生じたものでないことは確かだった。リンクサイドで出迎えてくれた高島コーチの労《ねぎら》いも、気のせいか、どこか空虚《くうきょ》な印象だ。心から私の成功を願ってくれる人であるだけに、コーチの期待には応えたいと、常々願って止まないのだが。

トリプルフリップ、ダブルアクセル、その他のスピン、ステップは問題なく決めたものの、失敗のショックが尾を引き、プログラム全体を通して、スピードと流れに欠け、細かい粗《あら》が目立ってしまった。滑った本人の私がそう感じたのだから、多分、シビアに評価するジャッジ達にとっては、余計にそう見えたはず。とすれば、点数は……。

＊　＊　＊

ショートプログラムを終了時点で、12人中7位。当初の目標である表彰台は、非常に苦しくなったと言わざるを得まい。

堂々の1位はガブリー、2位がオルガ、3位は至藤。皆、当然ながらノーミスだ。

競技終了後、逃げるようにホテルに帰ってきた。悔しいが、今日インタビューされると、何を言い出すか分からない。

高島コーチの励《はげ》ましを適当に聞き流し、部屋に引き取ると、ベッドへ頭から飛び込み……、大声で唸《うな》った。


〈ま、明日があるから〉

……いつ以来か。不発弾を木の枝でつつくような、控えまくったピートの声。

……私を、慰《なぐさ》めるつもりかしら?

「そりゃ、最善は尽くすわよ。でも、もう終わりっぽいわね」

〈まだ分からないさ〉

恐る恐るだった口調が、励《はげ》ますような調子に転じた。私が怒鳴《どな》り散らす元気もないことを、早くも悟《さと》ったらしい。

〈仮にキョウコが3位に入っても、タズサが4位あたりに食い込んでおけば、選考は全日本選手権に持ち越されるかもしれないよ〉

「さて、どうかしらね。至藤が3位に入れば、グランプリシリーズで2試合連続の表彰台よ。最低……、明日のフリーだけでも勝っとかなきゃ」

だが、ショートで7位ということは、フリーは第1グループでの滑走を意味する。上位6人うがない。

が形成する第2グループと比較し、点数が抑えられる傾向にある以上、厳しい、としか言いよ
「それにしても、つくづく情けなくなるわ。ショートでジャンプをミスるの、これで3回連続よ。プレッシャーに弱いです、って言ってるようなものじゃない」

〈そう悲観することもないさ。世界選手権と今年のアメリカ大会じゃ、ルッツのコンボとフリップ、両方ミスったんだろ？　それに比べれば今日は、フリップは決まったじゃん〉

……確かにこいつの言うことにも一理はあるのだが、そんなことでは到底救われないし、自分への腹立たしさは如何《いかん》ともし難《がた》い。

「いい、あのね。ショートプログラムは、ノーミスが基本なのよ。至藤だって、最近ショートでミスなんてしてないわ。そりゃ、誰だってたまにはミスることもあるけど…」

見る限り、およそミスなどしそうにない、リア・ガーネットみたいなヤツもいるけど。

そう考え……、唇を曲げて苦笑する。今の私が、彼女を引き合いに出すとは、何とずうずうしい。

「イヤミ3代の冷笑が聞こえるようだわ」

そう吐き捨て、ふと……。頭に浮かんだ三代監督の嘲《せせ》ら笑いが、あまりにリアルであったため、私はそれが事実であったと確信した。

＊　＊　＊

翌朝。

新聞など読む気もしなかったが、ちらりと目をやると、1面に、見慣れたものが飛び込んできた。至藤響子が、ジャンプを着地した瞬間の写真。

至藤、3位発進。五輪に大きく前進――

「……それはそれは」

もし、頭の中にピートが棲《す》んでなければ、バサバサと分解するのを承知で投げ捨てたかもしれないが、彼の手前、大幅に自重した。

しかし、一般紙の1面を飾るとは……。

〈むしろ、プレッシャーになるかもね〉

……やや虚《きょ》を突かれた私は、暫《しば》し眉《まゆ》を顰《ひそ》め、無言で問い掛けを発する。

〈まだ決定じゃないってことを、一番分かってるのは、キョウコ本人さ〉

「……なるほど」

時々、こいつの言うことは妙に的《まと》を射《い》る。

「じゃあ、全っ然可愛《かわい》げないあの女も、少しは硬くなるかしら？」

〈ならないわけないよ。もしタズサが彼女の立場だったら、どう？〉

変態幽霊に説得されているかのような現状に、軽い苛立《いらだ》ちを覚えたが……、それほど不快なものでもなく。

〈少なくとも、彼女は安全策をとるはずさ。もし、タズサが攻めて行けば、オリンピックへの執念はアピールできるかもね〉

＊　＊　＊

フィギュアスケートの大会では、試合当日の朝、公式練習が行われる。大抵の選手が、氷の感触や滑りの確認のため、姿を見せる。

その場で私は、高島コーチにある決断を伝えたが……、コーチの考えもほぼ同じだった。

初《しょ》っ端《ぱな》の、トリプル＋ダブルのコンボを、トリプル＋トリプルに切り替える。そして最終盤に、２度目のトリプルルッツを組み込む。

これで、技術的難易度はぐんと増した。但《ただ》し当然のことながら、ミスを犯す確率も、より激しく増すのだが。

「よし、それでいこう。……にしても、お前が自分から言い出すとは。成長したなあ」

「……そりゃ、ま」

ちょっと、気が引けた。自分から言い出した、わけでもないから。

＊　＊　＊

女子シングルフリー。

私の滑走順は、第1グループの2番。

直前の6分間の練習に入った。

体を慣らすため、まずリンクを一周し、次にハーフジャンプやスピン、小刻みなステップなどで体を温める。それから、徐々にジャンプの回転数を増やし、踏み切りのタイミングなどを測る。

また、氷質の把握《はあく》も重要だ。

競技の進行中、観客の体温や熱気などによって、場内の温度が上がり、氷の硬さが変化していくことが多い。硬い氷ならば、スピードや高さは出る反面、ジャンプの種類によっては、踏み切りの難易度が増す。柔らかめであれば、ジャンプの着氷《ちゃくひょう》は容易となるが、スピードや高さに欠けてしまう。

その時々のリンクの状態を、体で認識しておかねば、ベストの滑りは望めない。

……練習開始から2分も経ったろうか。

私は早くも、トリプルルッツ＋トリプルトゥループに挑戦した。が、セカンドジャンプのトゥループで、回転が足らず——

注目選手の1人である私の転倒に、場内は控え目なため息に包まれる。

〈焦《あせ》り過ぎだよ。まだ2分くらいだろ?〉

「余計なお世話よ。これを決めなきゃ話にならないんだから」

今度は頭の中で、ピートがため息をついた。

〈決めなきゃ、ってよりはさ、決まったら格好いい、ってくらいに構えてた方が……〉

「フン……」

確かにそうかも知れないが……、いざ本番、簡単に頭を切り替えられはしない。胸郭《きょうかく》を徐々にせり上がってゆく緊張が、呼吸器を圧迫し、ゆとりや余裕《よゆう》を呑《の》み込んでいく。

とにかく、練習で一度決めておかないことには……。

「タズサ」

リンクサイドから、コーチの声がかかる。

「焦らなくてもいい。まだ2分しか…」

「2人して同じこと言わないでよ!」

……言った傍《そば》から、私は額《ひたい》に手を当てた。

「いい。忘れて」

弁明したいが、それどころではない。私は、キョトンと固まったコーチを尻目に、再び滑りだすが……。

〈プッ、ハハハハッ…〉

「なっ……！」

この無神経男！

可能なかぎり右上を睨《にら》み、怒りを顕《あらわ》にする。勿論《もちろん》、自分の頭蓋骨《ずがいこつ》の内を睨《にら》みつけるなど、カタツムリでもない限り不可能だろうけど。

〈いやー、いい感じ。コメディドラマの監督になった気分だね〉

「……後で覚えてなさい」

〈ハハ、覚悟はしてる〉

ふと……。

胸部に充満しつつあった圧迫感が、不思議なほど、密度を薄くしていた。

再び、軽く鼻を鳴らそうとして、失敗した。思わず、顔が綻《ほころ》んでしまったのだ。

「フ……」

〈自分だって、笑ってるじゃないか〉

……まっすぐ滑りながら、私は腰に両手をあてがい大きく息をついた。適度な緊張が残り、全身に心地《ここち》よさをもたらした。

＊　＊　＊

［2番。桜野タズサさん、日本］

フリーの使用曲は、ショパンの華麗《かれい》なる大円舞曲だ。

鮮やかな黄緑色のコスチュームは、この曲に対する私なりのイメージを具現《ぐげん》化したもの。

小さく息を吐きながら、ゆっくりとスタートの位置に滑り寄り……。

「さて……、と」


軽快なピアノが、リンクを、そして会場を駆ける――

さんざん練習すれば誰でもそうだが、曲が始まれば体は勝手に動くものだ。特別な意識は必要ないし、意識し過ぎては墓穴《ぼけつ》を掘る。

リンク中央で軽快なステップを踏んだ後、リンクの端を回り、反対側のサイドへ向かってスピードを加え……。

いい感じ。成功する気がする。

体の力を抜き、バックスケーティングに切り替え……、トリプルルッツ――

着氷っ…、しまっ――！

「何でっ……！」

千切《ちぎ》れそうな声で叫んだ。回転しすぎたのか、ステップアウトしてしまった。

終わった――

〈大丈夫。これはロングプログラムだぜ〉

……瞬時に、正気に戻った。

当たり前のことを忘れてた。
〈転倒はしなかった。運が向いてきたね〉
それ……、ちょっと苦しい。ピートもそう感じてるだろうけど。
〈中盤のフリップの所を、コンボにすればいい。トリプル+トリプルでね〉
……え?
〈決めれば、余計に印象が良くなるかもよ〉
踊りながらも、私はやや迷い……、
〈大丈夫。調子はいいと思うよ〉
……迷っても仕方ない。私は腹を決めた。
まず、この後すぐにトリプルループを……、
〈イエスッ!〉
きれいに下りた。
ピートの軽快な声が、着氷して流れに乗る私の耳を心地《こち》よくくすぐり——
「……」
顔に残る、奇妙な違和感。
ひょっとすると、私は今。
自然に笑ったかもしれない——

プログラムは後半に入った。

〈準備はいい？　んじゃ、みんなをビックリさせよう〉

「ん……」

スピードを上げ、リンクの対角線に沿うような形で真っすぐ滑り出す。

ジャンプのための助走なのだが、そのままだと味気ない。少し意識しながら、9人のジャッジの方へ視線をやり……。

息を整え、そして。

トリプルフリップ——よし！

着氷した右足を軸《じく》に、宙に浮いた左足を氷に突き刺し——

〈ワンモア！〉

トリプルトゥループ！

……完璧《かんぺき》に氷を摑《つか》む感触が、右足に心地よく伝わり——

「イヤァッ！」

驚きを帯びた歓声と共に、私の全身からも、気迫《きはく》がほとばしった。

3回転＋3回転のコンボは、女子でやればかなり目立つ。しかも、演技の後半での成功だ。

採点の上でも、これは大きい。

〈一番最後に、もう一度ルッツだぜ〉

……まるで、私の心を見透かしてるようだ。事前にそう決めたにも拘《かか》わらず、今の満足感からか、確実にまとめようとする心情が芽生《めば》えつつあったのだ。

このテの迷いを持ちながら、ジャンプを成功させた試しはない。私の置かれた状況を考えれば、積極策以外に選択肢《し》はないのだから。

それにしても……。

ピートのヤツ、私の心が読めるんじゃないでしょうね。

プログラムも最終盤——

これからもう一度、見せ場を作らなければならない。スタミナはかなり消耗《しょうもう》しているが、どんないい演技でも、終了前にバテてしまえば、演技の評価は著《いちじる》しく下がる。

〈行ける行ける。バテてないよ、全然〉

……それは多分、励《はげ》ましね。

体力的にも過酷《かこく》なプログラムである以上、タフな私を以《もっ》てしても、演技終了後の乳酸《にゅうさん》蓄積は、限界値に達する。

その主な原因は、この終盤で披露《ひろう》するサーペンタインステップだ。リンクの片端からもう片端まで。直線距離で60メートル、幅30メートルの氷上に、アルファベットの『S』の字を、1・5個。即ち、なんらかのステップを踏み続けながら、3つの半円を描いていく豪快《ごうかい》な見せ場。だが、ストレートラインやサーキュラーに比べ滑走距離が長いため、体力的な負担も大きい。

1ヵ月前のアメリカ大会では、度重《たびかさ》なる転倒による精神的な減退に加え、空気の薄いコロラドの高地だったこともあり、このステップの最中にスタミナが切れ、動きに躍動感と切れを欠いてしまったのだ。

だが今日は、最初の失敗から完全に立ち直り、滑りそのものの調子もいい。

滑り切れる――

その確信の元に、私のエッジは銀盤の上を駆けていき……。

ステップの出口で、観客席から拍手が生じた。

〈最高！　盛り上がってる盛り上がってる！〉

……また、私は笑ったかもしれない。

あとは、プログラムに組み込まれた最後のジャンプだ。長いステップで上がりかけた息を、もう一度整える。

本来はここでトリプルトゥループだったが、もう私に躊躇《ちゅうちょ》はない。最難度の3回転ジャンプ、トリプルルッツ――

……着氷！　更に、ダブルトゥループ！

「……へへっ！」

〈凄《すご》いっ！　タズサ、グレイッ！〉

最終盤でのトリプルルッツのコンボに、ほぼ満員の場内が沸き上がる。未経験の、ゾクゾクするような感触。

後は、旋風《せんぷう》のようなスタンドスピンでフィニッシュするだけ。

嵐のような拍手に包まれ……、桜野タズサの大円舞曲はフィナーレを迎えた。

「ワォッ！」

……私ってば。

まだ終わってないじゃん——

＊　＊　＊

2005年、HNK杯フィギュア、女子シングル終了。

私、桜野タズサはフリーで4位に食い込み、最終順位も7位から4位まで上がった。

優勝は大方の予想通り、ガブリエラ・パピィ・ポッゾ。2位にオルガ・モトコワ。2人とも、ほぼノーミスで演技を終えている。そして……。評価は割れたが、結局——

5人のジャッジが至藤に3位をつけ、4人から3位点をもらった私を僅《わず》かに上回った。

フリーでも、至藤に負けたのだ。

もっとも、たとえこれが逆になっても、ショート7位の私が、最終的に逆転するのは無理だった。だがせめて、フリーだけでも勝っておきたかったのだが……。

やはり、至藤は安全策をとった。この大会で2位に入れば、つまり、ガブリーかオルガのど

ちらかに勝てば、彼女はグランプリファイナルに行けたはずだが……。

フリーでも、とにかく私を上回ること。

彼女が、これを念頭に置いていたのは明らかだった。コンビネーションジャンプは、最初のトリプルルッツ+ダブルトゥループのみ。勢いよりも確実性を重視し、全体的なスピードや躍動感には欠けたはず。硬さも目立った。それでも、5種類の3回転を計6つ、ノーミスで決めたのはさすがと言うべきか。

プログラムの流れと、決めたジャンプの難易度でいけば私が上。だが、細かな表現力と、何より……。

笑顔の差、かしら。


「どうやら、ダメっぽいね」

〈そうかなぁ〉

ともかく、今日に関しては、やるだけのことはやったのだ。自分でも意外なほど、さばさばとしている。

〈僕なら、タズサの積極性を選ぶけど〉

「……ありがと」

半ば、諦《あきら》めていた。

表彰台の至藤の表情にも、何かを確信しつつある笑みが見て取れる。

ま、まだ確定ってわけじゃないんだけど。

＊　＊　＊

オリンピック選考の結果が出るのは、早くて大会最終日。つまり、明日以降ということになる。

今更何もできないし、私がいくら推測したところで、何も生まれない。でも、つい考えてしまう。選考が、全日本まで伸びる可能性はないものだろうか。

16歳の私に対し、至藤は23歳。今までの実績も経験も、雲泥《うんでい》の差。加えて……、

「ああ、やめやめ」

頭を左右に振り、吐き捨てる。こーゆーの、私のキャラじゃないし。

記者会見が用意されるのは、上位3位まで。特別に私も、という話もあったが、遠慮《えんりょ》した。となると、当然……。

選手用の通路を、出口に向かう私の背後から、いくつかの足音が迫ってきた。

……避けようと思えば避けられるが、それは、私のちっぽけなプライド、もしくは意地が許さない。

「タズサちゃん！　タズサちゃんっ！」

真っ先に私の傍《そば》に駆け寄り、親しげにそう呼び掛けてきた記者を見やるが……、全く面識はない。少なくともこちらには。

「ちょっと、お話聞かせてくれるかな」

いやだ、と言ったらいかがします？

とはさすがに言わず……、気分を表情に出さぬよう気をつける。

問題となるような態度、発言は、高島コーチに固く戒《いまし》められているものの、正直、至藤に負けた悔《くや》しさが、体内に沈殿《ちんでん》している。何かの拍子《ひょうし》にムカッとくれば、私の僅《わず》かばかりの忍耐力が、どこまで耐性《たいせい》を示すだろうか。

「オリンピックを懸《か》けた大一番で、ライバルの響子ちゃんに負けちゃったんだけど、今どんな気持ち？」

……見れば、シャツにナントカ芸能とかいうネームプレート。だが、それを目にせずとも分かるものだ。芸能記者などが持つ、女子スポーツ、及び私のような美貌《びぼう》を兼ね備えた女子選手に対する、お粗末《そまつ》な偏見。そして、質問そのもののお粗末さ。

「相手が誰であれ、負ければ悔しいに決まってるでしょう、普通」

……早くも笑顔を引き攣《つ》らせた芸能記者に、小さな満足感を覚えた。

至藤なら、どんな時でも内心を押し隠し、穏便《おんびん》に済ませられるんでしょうけど。

「今日の出来からすると、昨日のミスは、やはりプレッシャー？」

別の記者の質問。こちらは、普通のスポーツ記者だろう。けど、何でわざわざ昨日の醜態《しゅうたい》を思い出させるのよ。

「確かにここのところ、ショートでのコンボ、ミスってますから。私が否定しても、そう書くんでしょうし」

……ちょっと言い過ぎた。相手に悪意があったわけでもないのに。

「でもまあ、無意識の内に体が硬くなってたのかも。自分でも、断定はできません」

慌《あわ》てて付け加える。慌てて、という印象を与えずにすんだかどうか。

「今日、何か変わったことをしようとか、それは考えた？」

「トリプル＋トリプルのコンビネーションをはじめ、積極的なスケーティングを意識しました。ショートで7位でも、諦《あきら》めたわけではなかったですから」

全ての記者を敵に回すこともなかろう。

そう思い、丁寧《ていねい》に答えておく。

「至藤選手とのライバル対決が話題になってたんだけど、その辺の意識はあったのかな？」

「ライバルどうこうじゃなくって、ただ、彼女に勝たなければオリンピックに行けないという状況があったんです。ですから正直、至藤さんに勝ちたいと思ってました。必要以上に話題になったのは、今回の大会を盛り上げるために、あまり関係ない人達が煽《あお》り立てた結果です。皆さんが一番、よくお分かりのはずですが」

殊更《ことさら》、悪意を込めたわけではなかったが……、記者達の多くは、苦笑いすら浮かべていない。

「タズサちゃん。オリンピック代表は至藤さんで決まりだと思うんだけど、彼女に対して何かないかな」

「あれ、もう誰かから聞いてきたんですか?」

冗談めかして、そう聞き返すが……。

「もうみんな分かってるよ。決まったなって」

さっきからの私の態度で、その記者は既に完全な敵に回っていたようだ。

「で、あなた自身もそう思うんですか?」

……記者という人種は、質問し返されることに慣れていない。まして16の小娘相手なら尚更だ。

「……それはそうだろう。どう見ても」

「今日のフリーだけ見てもそう思われます?」

不意に、別の感情が頭をもたげてきた。

少なくとも、今日のフリーでは、私が勝っていてもおかしくなかった。いや……、勝ってたはずだ。

「フリーでも、君は至藤さんに負けたんじゃなかったっけ?」

「ジャッジの判断は5対4の僅差《きんさ》だったんですけど。念のため聞いておきますが、スポーツ記者さん。フィギュアスケートの採点基準とか、順位の付け方とか、ご存じ?」

……完全に、ケンカを売った形と相成《あいな》った。もっとも、落ち着いて考えれば、今の発言が脈絡《みゃくらく》からずれていることに気付くはず。

「ちょっと、見苦しかったですかね。まあ、至藤さんが2大会連続で表彰台に乗ってるのは事実です。彼女に決まったのなら、伝書鳩《でんしょばと》でもやって祝福しますわ」

すかさず後を継いでそう言い残すと、記者達の輪を抜け、その場を脱した。雰囲気的《ふんいき》にも、ごく自然な成り行きだった。何より、今の私の質問に、正確に答えられる人は皆無《かいむ》だったはず。

〈ちょっと、言い過ぎたんじゃない?〉

「いいのよ。それで結果が変わるわけじゃないし」

記者達の大半は、後になって、私に対する反論を1人につき数ダースほど考え出すだろう。そして、この場面を頭の中でもう一度再現し、私をコテンパンにやり込めるだろう。

……加えて。明日の新聞紙面に、結構なスペースを確保してしまったのかも知れない。

＊　＊　＊

翌日――

その予想は当たったようだ。

私はスポーツ新聞なんて読まないが、人様の反応を楽しむ不純な輩《やから》が何人か、非道《ひど》いね、とか、何であんな書き方するのか、とか言いながら、親切にもそれを教えてくれた。

至藤響子の演技を誉《ほ》め称《たた》え、当確を伝える一方、私の演技にはほとんど触れず、報道陣へのけしからん態度と挑発的なコメントのみに、各紙一斉に反応しているとのこと。一応、1紙だけ見せてもらったが、こう記されていた。

タズサ、反抗期？　と。

尚、ネット上のあらゆるページが、私への悪口雑言《あっこうぞうごん》を募集中だともいう。

〈やっぱ、言い過ぎたんじゃ…〉

「構わないわよ。何書かれようが、私が負けた事実は変わらないわ」

とは言ったものの、もし、至藤が当確の一歩手前に居たとしたら、これが決定打になるかも知れない。

「やっぱ。まずかったかしら……」

だからって、反省する気なんてさらさらないけど。

＊　＊　＊

今日は大会最終日。

残る男子シングルのフリーに続き、恒例のエキシビションが行われた。

男女シングル、ペア、アイスダンスの各競技で4位までに入ると、これに参加することになる。競技よりもこれが楽しみ、という偏《かたよ》ったファンも結構多い。

競技では禁止されているアクロバティカルな技、アイスダンス以外では使用不可のボーカル入りの曲、その他、道義上の問題がなければ全て許される。女子は、競技ではスカート着用が義務だが、エキシビションでは服装も自由。

私も、これに出るのは楽しみだ。何より、競技の時と違って、何ら緊張せずに滑れるのが気持ちいい。

だが。エキシビションのために会場入りした私は、複数の連盟関係者の小言《こごと》に曝《さら》されることとなる。

「どうして君は、フィギュアのイメージを低下させるようなことばかり言うんだ？」

「イメージを低下させてるのは、記者さん達がお書きになる記事であって、私ではありません」

理屈の無理は、自分でも承知の上だ。早くも、関係者の怒りは沸点に達する。

「記事のような事実はないとでも言うつもりか？」

「いいえ。ですが、どんな質問があって、ああいった返答になったのか。その辺の因果《いんが》関係を抜きにされると困ります」

女から。特に16位の小娘からのこういった反応には、彼らも慣れていない。

「ついでに言わせて頂《いただ》きますが、私が低下させているとしたらそれは、私自身のイメージと、女子スポーツ選手たるものかくあるべしっていう古き良き大和《やまと》撫子《なでしこ》観でしょうね。私如《ごと》きの言動でどうこうなるほど、日本のフィギュアは底の浅いものではないはずですよ」

我ながら、よくこれだけ舌が回るものだ。ちょっとした才能かも……。

この他にも2つ3つ悶着《もんちゃく》があったが、別に私のエキシビション出場が取り消されるわけではなかった。

［女子シングル4位。桜野タズサさん］

白のブラウスに黒のパンツで決めた私が、リンク上に姿を現すと、拍手以上に、観客の騒《ざわ》めきが耳についた。

〈変に有名になっちゃったみたいだね〉

「……お陰さまで」

トップクラスの選手ともなれば、エキシビション用に別個、プログラムを用意するのが普通だ。私も一応その用意があり、アップテンポなジャズのスタンダードナンバーを踊った。久しく練習してなかったが、このタズサ様にかかってはこんなもの。

わりと大きな拍手を得て、私の2005年HNK杯は終わった。多分……、オリンピックへの夢を断たれた失意の大会、として記憶に残るのだろう。

＊　＊　＊

エキシビションが終わると、大会主催者によるフェアウェルパーティーが開かれる。

礼節上、というより、ちっぽけなプライドもしくは意地から、顔は出したものの、ジュースに手をつけただけですぐに退散しかけ……、

「桜野さん」

背後からで良かった。私は思いっきり唇を捩《ね》じ曲げ、声に出さずに呪《のろ》いの言葉を口ずさんだ。

恐らく昨日の、一連のいただけない態度に関して、相当どぎついイヤミが浴びせられると覚悟し――

「なかなか良かったんじゃない。昨日は」

……残念ながら、完全に意表を突かれた。三代監督に誉《ほ》められたのはいつ以来だったか。

でもまあ。監督にしても、渋々称賛せざるを得ないくらいの演技はしたはず。驚くことでもなく……、

「ありがとうございます。監督」

へっ――？

振り返ると、高島コーチ。

「余計なこと言わなくていいのに」

「タズサっ……」

いい加減、本気で困惑しなくてもいいのに。コーチの人の良さは知りつつ、時には歯痒《はがゆ》くもなる。

「まあ貴方《あなた》なりに、少しは努力したみたいね」

「そりゃそうでしょう。勝ちたかったですから」

……このイヤミ監督のこと。私を形式的に称《たた》えておいて、あっさりと、至藤の内定を告げる気かしらね。

「連盟の皆さんにとっては良かったんじゃないですか。お気にいりの至藤さんが表彰台に上がったし。で、もう決まったんでしょ。勿体《もったい》ぶらないで下さいませんか」

急ぎ、コーチが私の無礼を謝罪するが……。

「本当にそう思うの？」

……監督の金縁《きんぶち》細メガネから発せられる視線から、イヤミたらしい要素が減じられた。

「はい？」

「まあ、こう言っても信じないでしょうけど、私個人としては、貴方《あなた》のフリーは、至藤さんより上だったと思っているのよ」

「……ほ」

私は何度かまばたきした。どう表情を作っていいのか分からずに。

「まだどう決まるか分からないのよ。確かに、至藤さんを推《お》す声は多いけど」

……これは私の直感だが、三代監督は、陰湿《いんしつ》な性格のわりに、重要事項に私情を挟《はさ》むような人物でもない。そんな気がする。

だからって、私の不利は動きようもないんだけど。

「万が一、選考が全日本までもつれたら、せいぜい頑張《がんば》ることね」

「……1万分の1なんですか」

我ながら、何ガキみたいなことを……。

小鼻を鳴らした三代監督は、イヤミ混じりの目線を復活させ、私に向ける。

「そうそう。貴方、例の石膏《せっこう》がようやく溶《と》けてきたようね」

一瞬、頭髪が逆立ったが……、抑えて。

「どういう心境の変化か知らないけど、表情を出そうとしてた努力は認めるわ」

……そういえば。ピートとの呼吸が妙に合って、自然に笑顔が出たっぽい瞬間が何度かあったっけ。

「だけどねえ、桜野さん」

金縁のメガネに人差し指をあて、顔を微妙に傾ける。この体勢から、どんなイヤミが……？

「もっと素直になりなさい。客観的に見れば、良くてマントヒヒの愛想笑いってところよ」

「──っ！」

咄嗟《とっさ》に……、いや。
4、5秒経っても、あまりの皮肉に、何ら反撃できず……。
「これは、今回に限らず、貴方のキャリアを左右する問題なのよ。大食いファイターを目指すんなら、関係ないと思うけど」

「──ンの、ババッ…」

思わず漏れ出た罵声《ばせい》の欠片《かけら》は、踵《きびす》を返した監督には聞こえなかったろう。

＊　＊　＊

至藤響子に、内定は出なかったのだ。

失望を覚悟していた私は、1万分の1が現実となったことを知る。

……俄《にわか》には信じられなかったが。

さらに、一夜明けて。

三代監督はじめ、スケート連盟の意思としては、世界のトップスケーターに勝てる選手を代表にしたい、ということらしい。

今大会の至藤の演技なら、オリンピックでも10位以内は堅い。現に彼女は、世界選手権では一桁《ひとけた》順位の常連なのだ。

だが、安全策に固執し、上位の2人、ガブリーとオルガに勝ち得ることを証明できなかった。新聞を読む限りでは、昨日の彼女の消極性が、ネックになったという。

〈皮肉はきついけど、物分かりもいい人じゃないか〉

「その程度で、あの性格と厚化粧《あつげしょう》と悪趣味なメガネの免罪《めんざい》になるとは思わないことよ」

私は新聞を閉じると、大きく息をついた。

……グランプリシリーズで、私は10位と4位。対する至藤は、連続で3位。にも拘《かか》わらず、代表選考は、2006年明けて早々の、全日本選手権まで持ち越された。

至藤に勝つことは最低条件。でも、それだけじゃダメだ。

今回、至藤に内定が出なかった理由。そして、私が何をしなければならないか……。

「あ、おはよ……」

高島コーチが、ダイニングルームに入ってきた。……既に、知っている顔で。

「良かったじゃないか。これでもう一度、チャレンジできる」

「お陰様を持ちまして」

冗談めかして答えた。

私が代表に選ばれたわけではなく、至藤が決め手に欠け、内定し損《そこ》ねただけなのだ。大喜びするのも変だし。

「命拾いしたね、タズサ。裏で何かやったの？」

「そうなのよ、ヨーコちゃん。お子ちゃまには分からないでしょうけど」

口の減らない妹に、そう切り返す。

「ま、今日は体を休めておけ。全日本まで、1ヵ月ないからな。あと、休みついでに…」

「期末テストの勉強、でしょ？」

「よくお分かりだ」

朝食を終わり、自分の部屋に戻ると、ベッドに転がった。実は、わが校は明後日より、期末テストなる苦行《くぎょう》に入るのだ。HNK杯が終わってすぐとは誠《まこと》にハードなスケジュールだが、宗教色の強い頑迷《がんめい》な学園にあっては、特別な配慮《はいりょ》など期待するべくもない。

「めんどくさい。やる気しない。どうせ、役には立たないし」

〈そりゃ、ご愁傷《しゅうしょう》さま〉

「……難しい日本語知ってるのね」

選択科目は最少に止《とど》めているので、試験科目はさほど多くはない。数学、化学、世界史、地理、現代国語、古文、そして、英語……、

「——ああっ！」

私は飛び起きた。

凄《すご》い発見をしたのだ。同時に……、自分を殴《なぐ》りたくなった。今の今までそれに気付かぬ愚《おろ》かさときたら！

「ねえピート！　アンタ、カナダ人よね！」

〈……だから？〉

その口調からして、私が何を言い出すか分かっているようだ。

「んふふふっ！　初めて私の役に立つ時が訪れたじゃない。もっと喜びなさいよ」

〈何を言ってるのか、さっぱ…〉

「英語以外はどうだったの？　数学は？　世界史は？　化学は？」

こんなワクワクしたのはいつ以来だろう。それが、今……、勉強なんてしなくても、テストができる、魔法のステッキ。

〈そりゃまずいよ。勉強は自分で…〉

「……ピートぉ。ピート、ピートピートピートピートぉっっっ！」

熱く激しく居丈高《いたけだか》に、彼の名前を連呼《れんこ》した。

「拒否なんて絶対許さないわ。もし断ったら、浴槽に500個くらいトマトつめて、その中で…」

「分かった。分かったよ、協力するって！」

「OKOK。愛してるわ、ピート」

……ふと、我に返る。さすがに今のは言い過ぎ。

つい口をついた咳払《せきばら》いが、かえって今の発言を余計に浸透させてしまい、結構慌《あわ》てた。

「で……、英語以外はどうなのよ？」

〈え…、と、あまり得意じゃ…〉

「うそおっしゃい！」

確信はなかったが、取り敢《あ》えず叫んでみた。

これは大問題。妥協《だきょう》はできない。コイツがもし、全ての教科にAを取るような秀才であったとしたら……？

〈うそって、そんなこと言われても…〉

「いいわ。じゃ、今からピート・パンプスっていう、東京に住んでた16歳のカナダ人の身辺聞き込みをやってやろうじゃない。それでもし、そいつが成績優秀だったら…」

〈分かったよ！　分かったって、もう！〉

……フフフ。いいわ。いい感じよ。

私はにんまりと笑った。夢のような話が、にわかに現実味を帯びてきたじゃないのぉ。

「まあ、よろしくね。期待してるわ」

興奮のあまり、暫《しばら》くはオリンピックのことすら、頭から消えていた。勉強は必要ないし、ゆっくり朝寝を楽しむとしよっと。

＊　＊　＊

期末テスト初日——

登校中、2人の記者からの質問を適当にあしらい、学校に到達。無論、小道具として使用した単語帳も、実は全く必要ない。

最初の科目は、英語のリーダー。

いきなり本領発揮ってことになりそう。

試験官が、徐《おもむ》ろにテスト開始を告げた。

〈ＯＫ。最初から、読んでってくれ〉

私は問題用紙を表に向け、長文の最初から徐々に視線を移動させていく。

〈もっと早くていいよ〉

うわ。なんて頼もしいのかしら。

本来の私からすれば、信じられないようなスピードで、早くも長文を読みおわり、設問に入る。

とはいえ、内容の把握《はあく》を問う問題で、そう簡単には、と思ったが。

〈問１は、ｂ。問２もｂだ〉

言われた通り、回答用紙に答えを書いていく。

〈先に問４なんだけど、ｃだ。問３は…、えーと、ちょっと中盤あたりに戻って、そうそう、うん。問３はｄ〉

あまりの快調ぶりにふと不安になり、ピートを問いただそうと思ったが、独《ひと》り言《ごと》とはいえ発声はまずかろう。

私は問題用紙に、こう書いた。ホントに大丈夫なの――？

〈大丈夫。君がマンガを読むスピードが、僕には早すぎるのと一緒だよ〉

私はそれで納得し、以降、安心してピートに全てを任せることにした。

＊＊＊

1日目が終了——

英語の方は、下手《へた》したら満点を取ってしまいそうで、さすがに少し、わざと間違えておいた。一方、化学の方はさっぱりで……。

「案外頼りにならないわね」

〈だから、化学はダメだって言ったじゃないか。暗記事項が多かったんだから、君だってやればできたはずなのに〉

それにしても……、英語のヒアリングの快調なこと。今まで、さっぱり聞き取れなかったのがウソみたいだ。

〈僕が地獄に落ちたら君のせいだぞ〉

まーだこいつは、ぐちゃぐちゃと。ホント、肝《きも》っ玉《たま》が小さいっていうか……。

「ま、そうなったら、私が釣り糸で釣り上げて差し上げるわ」

〈そりゃ無理だ。君は間違いなく、釣られる側なんだから〉

……ふと、背筋に冷たい一閃《いっせん》が走る。

私は地獄行きだから。

開き直る時の軽口だが、考えてみれば、あの世なんてものをこれっぽっちも信じてないからこその台詞《せりふ》だったわけで。

まあ、しかし。もしこの程度で許されざる罪になるのなら、全人類の99・9％は、死んだら地獄へ直行だ。まあ及ばずながら、この私も。

「明日もよろしく」

悔《く》い改めようなんて気は毛頭《もうとう》ない。

ゴメンなさいね。フフッ……。

＊　＊　＊

今回の決定は、私の積極性が彼女の内定に待ったをかけたという以上に、3位に入ったが、やや堅く慎重に過ぎ、消極的演技に終始した至藤に対する、追試的な意味合いが強いのだろう。

仮に、全日本選手権で彼女を抑えたとしても、それだけでは説得力に欠ける。

勝つだけじゃダメ。

リア・ガーネットはともかく、ＨＮＫ杯で貫禄《かんろく》を示したガブリーやオルガ、アメリカのドミニク・ミラーやアレッサ・デュブリエ、カナダのステイシー・ラングローブなど、名だたる強豪《きょうごう》と張り合える、その可能性を示さねば……。

その日の練習を終え、コーチの自慢料理で夕食を済ませると、試験勉強、と称して2階へ上がり、ベッドに転がった。

期末テストの重荷が劇的に霧消《むしょう》（?）した今、五輪の2文字が、急速に私の中で膨張《ぼうちょう》していく。運命の全日本選手権まで、1ヵ月弱。

その間、何を為《な》すべきか。どうすれば、代表になれる?

「……フゥッ」

……桜野タズサ、16歳。とにかく私は、素直じゃない。だから、とてもそうは見えないだろう。だけど……。

オリンピックに行きたい――

そう願うのに、理由は要らないはずだ。

「ねえ」

誰も居ない空間で、唐突《とうとつ》にそう呼び掛けても……。

〈何?〉

カナダ男の甘めの声が、ちゃんと返ってくる。それを何とも思わなくなって久しい。今更ながら、ふと、不思議な感覚に囚《とら》われた。

「何倍の倍率だったら、私に賭《か》ける?」

〈……急に言われても〉

そりゃ、そうだよね。私ってば、なんでピートにこんなこと……、

〈三代監督にオッズを決めてもらおうか。それから考えるよ〉

「あのイヤミの腹の内じゃ、50対1ってとこかしら。お買い得よ」

〈ハハ〉

まあ実際、そこまで悪くはないとは思うが……、

「ねえ、ピート。アンタだったら……」

今、私は少し変になってるかも知れない。

「アンタが私だったら、どうする？　どうやって代表切符を掴《つか》む？」

さすがに、数秒間の沈黙。そして。

〈取り敢《あ》えず、笑顔かな〉

「……」

〈良ければ教えてくれよ。どうして、笑わないんだい？〉

余計なお世話よ……。そんな台詞《せりふ》が連想されたが、実際口に出そうとは思わない。

「教えてもいいけどその代わり。あと3日間、テストに全力を注ぐのよ」

〈……君ってやつは。誰のテストだと思ってるんだい？〉

さすがのピートも呆《あき》れ果てたようだが……。

「ちょっと想像力を働かせてみなさい。ただでさえ美しすぎる桜野タズサが、微笑《ほほえ》みでもしたらどうなるか。あまりの神々《こうごう》しさに、実際、観客が失神してそのまま死んじゃったり…」

〈明日のテスト、自分でやるかい？〉

……原因は、多分あれ。分かっている。でも、それを他人に言おうとは思わない。

「私にも、よく分からないのよ。照れが先立っちゃうってのは確かだと思うんだけど。まあ取り敢《あ》えず、自然に笑えるように努力してみるわ」

不意に……、三代監督の残したイヤミの数々が、ムクムクと意識野に浸透してきた。ベッドから跳ね起きた私は、壁に拳《こぶし》の一撃を加えた。

「お風呂《ふろ》入ってこよ」

手の痛みに不平を鳴らすピートに構わず、階下に下り——

しかめ面《つら》で電話する高島コーチが、視界に留まる。第一感は、独身貴族高島優司《ゆうじ》のロマンス絡み、次に、私の英語の点数に関する告発かと勘繰《かんぐ》ったが……。

コーチの喋《しゃべ》り方から推測するに、電話の相手はイヤミ3代。彼は私に目を留めると、電話を丁重に切った。

「リアがどうしたって?」

……ロシアの若きアイスマスター。聞き逃すはずのない、その名前。分かったのは、彼女絡みで、わりと厄介《やっかい》な事態が訪れていること。無論、高島コーチと、何より私にとって。

「今日はもう…」

「遅いから寝ろ。明日もテストがあるんだろ」

完璧《かんぺき》にコーチの後を受け、一転、眉《まゆ》を顰《ひそ》めると同時に肩を竦《すく》めた。

「……失望させないでよね。コーチが話さないなら、今から三代邸に押し掛けて、ババアを締め上げてでも聞き出すわ」

コーチは観念し、ため息を一つ吐いた。

「大したことじゃないんだが、リア・ガーネットの新しいショート……。どうも、ツィゴイネルワイゼンらしい」

「……」

さほど、私にとって深刻な問題ではないように思われた。

いざオリンピックに行った、その後の話まではまだよく考えられない。行けるかどうかが最大の目的であり、超難関の関門として立ち塞《ふさ》がっているのだから……。

〈結構ハードかもね。オリンピックでモロに比較される。そうなれば連盟にとっても…〉

「……そっか」

その前のコーチの説明をも受ける形で、私は呟《つぶや》いた。

「よく考えてみると……、問題だわ」

14歳の世界チャンピオンは、今期既にフリーにおいて、新しいプログラムを披露《ひろう》していたが、ショートの方はまだ完成していないとかで、彼女が今年出場したドイツ、ロシア、の2大会でも、昨期のものを滑っていた。

あのリア・ガーネットが、完成まで時間をかけたプログラムなのだ。私のなどとは、桁違《けたちが》いの出来だろう。それが、同じ曲を使うとなれば……、

「私、どんなに良くても彼女の引き立て役だわ」

……勝手に萎《しぼ》んでいく自分の声により、心細さが増していき、突然――

私は、口元を両の掌《てのひら》で覆《おお》った。

〈タズサ？〉

……怖くなったのだ。

引き立て役になれれば、まだいい。

もし、リアの直後の滑走順、なんてことになれば――

恐らく私は、世界中のフィギュア関係者の同情を集めるだろう。

よりによって彼女と同じ曲を選ぶとは、可哀想《かわいそう》に、と。同じツィゴイネルワイゼンでも、演じる者が違えば、こうも別物になるのか、と。

私は完全に潰《つぶ》され……、下手《へた》をすれば、もうスケーターとして立ち直れないかもしれない。

……極めて、現実的な想像だった。

無論、連盟として、世界中の哀れみの視線を一身に引き受けそうな選手に、たった1枚の切符を渡すなど有り得ない。

脳裏《のうり》に、『断念』の2文字が躍り……、

〈急に思い詰めても仕方ないよ。フリーもあるんだし〉

……脳裏に響く声が、直前まで陥《おちい》っていた軽い錯乱《さくらん》状態から、私を引き戻した。

「ええ……。ええ、そうね」

自分を励《はげ》ますように呟《つぶや》くと、コーチを顧《かえり》みる。

「そのビデオ、手に入る？」

「あくまで、練習で披露《ひろう》しただけだからな。一切《いっさい》の撮影は許可されなかったらしい」

……がっかりしたような、安堵《あんど》したような。

「で、先方はなんて言ってたの？」

「曲がダブるって事実だけ。どう取るかは、こっちの判断に任せるってことだろうな」

……フィギュア関係者やファンのみならず、世界の誰もが認める、否《いな》、認めざるを得ない、弱冠《じゃっかん》14歳の至高の女帝。リア・ガーネット・ジュイティエフ。

いくら私でも、あの女相手に正面から立ち向かうなど……、はっきり言って無謀《むぼう》だ。

「でも、なんでこんな時にそんな余計なこと。あのババア、今からプログラムを変えろって言ってるのかしら？」

「いくらなんでもそれは……」

無理だよね。

フィギュアスケートのプログラム作りに要する時間は、どんなに短くとも1ヵ月半は必要だ。それでも、慣れるための滑り込みの絶対量が不足することは明らかなのに。

「無理よ。もう全日本まで1ヵ月ないんだし」

2004年のジュニア世界選手権で、当時まだ13歳と1ヵ月だったリアと、初めて戦った。以来、1年半ほど年下の彼女を、尊敬してきた。技量、才能、情熱……。何より、その生き方において。

だが今。

私は心底、彼女を呪《のろ》った――

Ⅳ　点火

翌日のテスト終了後、親友の本城《ほんじょう》ミカには、この話を打ち明けた。

「リア・ガーネットかぁ。よりによって、って感じだね」

「でしょ。不運ってだけじゃ済まないわよ。私、何か悪いことしたっけ？」

〈してるじゃん。思いっきり〉

……今日も結構な協力を頂《いただ》いたピート・パンプスから、余計な突っ込みが入る。

ミカの前で反論するわけにはいかず、私は自分の右頬《みぎほほ》に軽くビンタをくれた。

「昨シーズンのプログラムを使うって手はないの？」

「リアとの重複《ちょうふく》を避けたいってだけで、それやれば、あまりに印象悪すぎよ」

その点は、昨日コーチとも話し合った。少なくとも、今期の私のツィゴイネルワイゼンは、昨期のショートプログラムより明らかに精度が高い。そんな選択は、『後退』以外の何物でもない、との結論だ。

「あの女、私の真似《まね》してツィゴイネルワイゼンにしたんじゃないでしょうね」

「真似して、というより、タズサに憧《あこが》れたんじゃないの？」

「違いないわ」

冗談を飛ばし合うものの、どうにも顔が引き攣《つ》っちゃって……。

「もし、リアの直後なんてことになったら、私、逃げ出すかも」

ミカは笑うが……、今のは冗談のつもりで言ったんじゃないんだよね。

＊　＊　＊

その日の練習は、著《いちじる》しく精彩《せいさい》を欠いた。

全体的に滑りが悪く、ジャンプは転ぶか回転不足。ステップで躓《つまず》き、他の選手に激突しかける。何をやっても、ダメ——

理由は精神面。分かっちゃいるけど、どうしようもなくて……。

コーチ命令で早々に切り上げ、部屋に戻ってベッドに転がると。

〈なあ、タズサ。プログラム、思い切って変えてみたらどう？〉

……私は、咄嗟《とっさ》の対応をし損《そこ》ねた。

「何を言って…」

〈だってさ、ツィゴイネルワイゼンで真っ向勝負って形が取れないのなら、プログラムそのものを変えるしか…〉

「何よっ！　バカッ！」

感情に任せ、怒鳴《どな》りつける。

「知ったふうなこと言わないで！　ジルキレフトのプログラムをモノにするために、どれほど苦労したと思ってんのよ！」

……激情の後、暫《しば》しの空白が漂った。

ピートが何か言い返してくると思ったが、沈黙が、私に冷静になるように諭《さと》しているようで……。

「そんな簡単なことじゃないのよ」

幾らか、怒気《どき》を鎮《しず》め……。

「プログラムの方向決めて、音楽選んで規定時間内に合わせて、衣裳《いしょう》頼んで振り付け頼んで、私なりのアピールを盛り込んで、滑り込んで…」

〈多少は分かってるつもりさ。けど、どう悩んでみても、問題は一つなんだ。ツィゴイネルワイゼンで、リアと張り合う気があるのか否《いな》か〉

……ホントに、ピートの言うことって、いちいち正しい。腹立つほど。でも……、今更、プログラムの変更なんて！

〈使用曲がダブったからって、なんで私が、って気持ちはあると思うけど、相手がリア・ガーネットとなれば、戦略的には妥当《だとう》な判断だよ。もっとも、こういう論法じゃ、君が全く納得しないってことも分かるけど〉

……少し驚いた。全くその通りなのだ。

人を説得するのに、常識的に、とか何とか言うヤツは多いが、この桜野《さくらの》タズサ様が、統計学上の多数派の一員たらねばならない理由が何処《どこ》にあって？

……それが、私の思考の行き着くところ。

けど。何でコイツ、私の性格をこんなに把握《はあく》してるんだろ？

〈いい転機になると思うんだ。少し分かった風なこと言わせてもらうと、あのプログラム、君の個性とはあまりマッチしてないような気がするし〉

「レベル的に無理だって、はっきり言ったらどう？」

半ばやけっぱちに噛《か》み付くが、ピートは意に介さなかった。

〈そうじゃないと思う。僕が、その……、君に取り憑《つ》いて、1ヵ月ぐらいになるけど〉

「よくノイローゼにならなかったものよ、我ながら」

……初期の頃には考えられない。こんな台詞《せりふ》にも、多少は冗談の要素が混ざるようになったのだから。

「で？」

〈君って、元々、良くも悪くも個性的だよね。それを前面に出せば、凄《すご》く魅力が出るんじゃないかな〉

……聞いてる私としては、どう反応していいのか分からない。

〈演技中の表情だって、何も笑うってことだけに囚《とら》われる必要はないと思うんだ。例えば、怒

ったり、怒鳴《どな》ったり、ブチ切れたり…〉

「ちょっと何それ。変なのばっか」

〈あ、ゴメン。他に、ええと……〉

「この私を何だと思ってんのよっ！」

殊更《ことさら》怒って見せたが……、我ながら稚拙《ちせつ》な演技に終わり。

〈……拗《す》ねたり〉

「プッ……、ハハハッ…」

思わず吹き出し——

〈笑ったり〉

「ハ……」

どう応じていいのか分からなかった。腹立たしく、また気恥ずかしくもあり。ちょっとばかし、快《こころよ》くも……。

〈君は怒るかも知れないけど、ツィゴイネルワイゼンをやるなら、リアみたいな成熟した風格があったほうが…〉

「私、あの子より年上なんだけど……」

〈あ…、いや。決して君に風格がないって言ってるわけじゃなくって……〉

そりゃ、まあ。リアが私の数十倍の風格を持つことは、事実であるわけで……。

妥当《だとう》な、いや。ひょっとすると当然の意見なのかも知れない。にも拘《かか》わらず、私は少なからず意表を突かれたのだ。

こんな時期に一からプログラムを組み直すなんて、できるわけがない、と――

それって、先入観とやらの範疇《はんちゅう》なのかしら。

〈ま、考えるだけ考えてみても、損はしないと思う。あと2日、テストは僕に任せてさ〉

＊　＊　＊

こういうの、やってみたい――

そんなプログラムの草案《そうあん》は、幾つかある。

だが、思い描く理想には、現実の技量が追い付かない。

仮にプログラムが出来上がり、手応えを得られたとしても……、ジャッジが見てどう思うか。とんだボログラムとの評で、みすみす墓穴《ぼけつ》を掘らないとも限らない。

挑戦し、成し遂げられなかった時の、失意や徒労感《とろうかん》。無謀《むぼう》な冒険を嘲《あざけ》る、メディアや連盟関係者の冷笑。何より……、監督のイヤミ。

当初私は、プログラム変更の可能性を想定すらしなかった。本能的、或いは無意識の内に、それらを回避した、と言えなくもない。

「アンタ、何かアイディアはあるの？」

何ら期待せず、取り敢《あ》えず尋ねてみたのだが……、ピートの暫《しば》しの沈黙が、それが想像通りでないことを示していた。

〈ないことも、ないけど〉

「……聞かせなさいな」

多量の興味が、私の中に湧き上がる。このカナダ人幽霊が何を言い出すのか……。

〈前にも言ったけど、僕はステイシーのファンだったから…〉

「だから？」

〈ファンの1人として、彼女に似合いそうなプログラムとかって、想像したりするわけで……〉

ははん……。

この日本では、フィギュアファンといえば、偏執《へんしつ》的なまでに女ばかりだが、世界的にも、ファンの内訳は、女性比率がかなり高い。女子シングルに対してであれ、同様だ。

そんな中、カナダの強豪、人気者のステイシー・ラングローブは、男性ファンの多さでは、イタリアのガブリエラ・パピィ・ポッゾと1、2を争う。男ってのは、リアのような完全無欠のスーパーエリートに対しては、本能的に引くところがあるらしく。

ガブリーといえば……、何らの特権的印象や自己陶酔《とうすい》色を持たず、誰にでも優しく底抜けに明るい、最高ランクの人格者。

一方のステイシーは、小柄《こがら》で聡明《そうめい》なお姉様タイプ。これに憧《あこが》れる男は多いという。私の見るところ、強者に対する激しいライバル心は、決して他に劣るものではない。だが表面上、それが見えてこないのも強みだ。

「さしずめアンタも、彼女に惚《ほ》れたクチね？」

〈あ…、いや。そうい…、まあ……〉

図星《ずぼし》か。けど……、さもウブっぽく照れるピートに、やや不快感を禁じ得なかったのはどうしてだろ？

〈とにかく。僕が想像した中に、君にピッタリのやつがあってさ〉

「何か、ステイシーのお下がりを頂戴《ちょうだい》するみたいで、面白くないわね」

〈……そう言われても〉

そんなこんなで、気分的にちょっと下降気味。

「で？」

〈君がこの前、ＨＮＫ杯のエキシビションで滑ったナンバーがあったじゃん。あーゆーテンポのが意外と合ってそうだったからさ……〉

私は耳を貸した。どんなアイディアかは知らないが、選《え》り好みをしている場合では……、

「……へ？」

思わず耳を疑い……、

「あのさ。もう一度、お願いできる？」

〈え、だから…〉

「このスケベ男っ！」

ピートの復唱を待たず、私は叫んだ。

「それじゃ、ただのコスプレじゃない！　アンタに期待した私がバカだったわ！」

〈いや、決してそれだけじゃ…〉

「もういいわよ！　このド変態っ！」

……多分、耳まで真っ赤に染まってる。

そんなこと、この私ができるわけないじゃないっ！

＊　＊　＊

期末テスト3日目終了。

ピートとは最小限の会話は交わすものの、昨日の決裂《けつれつ》が尾を引いているのは確かだった。どうせ、ロクでもないことだと思ったけど、ちょっと期待してたのも事実。ピートに本気で腹を立てたのは、いつ以来だったかしら。

もっとも彼は、テストに関してはきちんとやってくれた。あと1日。何ら頭を使わずに、かなりの高得点を見込める模様――

その日、高島邸《たかしまてい》に帰宅したのが午後1時頃。

正門の外でコメント取りに待ち構える記者に、私自身が5秒後には忘れるであろう適当な答えを返し、敷地内に入る。と……。

家の前のロータリーに停まっている1台の高級車が、私の機嫌を悪化させた。

車に対する知識や興味はないが、視界に留まった黒塗りのベンツに関しては、ナンバーからシートの色まで覚えている。何を隠そう……、あのイヤミの車だからだ。


正面玄関のドアを開けると……。

「あら、桜野さん。お帰りなさい」

……さすがにビックリ。何も、玄関で立ち話してなくても。

「どうも、監督」

……金縁《きんぶち》メガネの奥から、揶揄《やゆ》するような光が突き刺さる。ピートのアイディアまで借りようとして見苦しく足掻《あが》いている私の醜態《しゅうたい》を、全て見透かしているかのような視線。

「お茶でも飲みにきたんですか。それとも、コーチとのロマンスを楽しみに来た…」

「タズサっ！」

「それもいいかも知れないわね」

……善良な高島コーチを怯《おび》えさせておいて、監督は一層、嫌らしい上目遣いを強めた。

「それにしても、運が良かったわねえ。もし、HNK杯終了時に、リア・ガーネットのショートが貴方《あなた》のと同じ曲だと分かっていれば、至藤《しどう》さんに内定が出ていたかもね」

……相変わらず、このババアの意図は摑《つか》みづらい。

「そんなこと言うために来たんですか？」

「オリンピック候補の練習を見るためよ。決まってるじゃない」

少し拍子抜《ひょうしぬ》けしたが……。

「昨日は至藤さんのリンクに行ってきたわ。だから、貴方の所にも伺《うかが》わないとね。テスト中にも拘《かか》わらず、熱心に練習してるって聞いてたし……」

不意に――

監督の口元が、取って置きのイヤミを発射する際の独特のU字型に吊《つ》り上がり……、

「まあ、代表選考ともなればね、しょうもない博愛《はくあい》主義も大事なのよ」

「なんっ――！」

まさに、３代目の真骨頂《しんこっちょう》とも言うべき一撃。さしもの私も、暫《しば》し唖然《あぜん》とし……、二の句も継げずにワナワナと震えるしかない。

そんな私の暴発を危惧《きぐ》したのか、コーチが素早く割って入った。

「監督。この子の練習はもうじき始まりますので、よろしければ居間の方でお待ちに…」

「いいえ。今日はもういいわ。また来ます」

来なくていいわ。

……その台詞《せりふ》を寸前で抑えたことにより、私の命脈は繫《つな》がったと言うべき？

〈いいのか？　このまま帰して〉

ピートが囁《ささや》くように言う。

ええそうよ。私も、監督の真意は聞きたかった。けど――

「もう此処《ここ》には来なくていいです」

「タズサッ？」

……コーチの驚きは、脳裏《のうり》に響いたピートの声と重なった。

「次は全日本選手権の会場で会いましょう。その時は、驚かせて差し上げますわ」

右手の人差し指で、監督の顔を真っすぐ差した。好戦的な気持ちが抑え切れない。積もり積もった無数のイヤミに対する反動か、切った本人ですら己《おのれ》を疑う過激な啖呵《たんか》が、飛び出したのだ。

さすがの監督も、一瞬、気後《きおく》れしたかに見えたが……。

「それは、楽しみだこと」

「ええ。ですからもう、しょうもない博愛《はくあい》主義とやらのために、いちいち厚化粧《あつげしょう》される必要もないかと存じますわ」

高島コーチの怒声《どせい》が降り注ぐ中……、監督の目元がピクリと震えるのを、最大の満足を以《もっ》て見守った。

「そうね。じゃあ、お礼と言っては何だけど、全日本選手権には医者を待機させておくわ。顔の石膏《せっこう》仮面病に改善が見られない場合、手術代も連盟で負担するから心配要らなくてよ」

……私の目元も、思わずピクリと動いたようだ。あと、幾本かの青筋と。

「ご配慮《はいりよ》ありがとうございます。でしたら、私が勝った暁《あかつき》には、そのお医者様に監督の美容整形をお願いしむぅうっ…？」

コーチが後ろから、私の口を強引に塞《ふさ》いだ。

「いい加減にしろ！　お前というヤツは！」

「ああ、いいんですのよ、高島さん。では、私はこれで」

もう一度、イヤミ120％の視線を私に浴びせ……、監督は高島邸《てい》を去っていった。だが、大きな音を立てて閉じられたドアが、あのババアの、見事に剝《は》がれ落ちた上辺《うわべ》だけの上品さを表していた。

「へへっ……！」

私は笑みを漏《も》らした。

ゾクゾクするような興奮が込み上げ、胸の閊《つか》えが取れたかのような爽快感《そうかい》が、全身を吹き抜ける。

覚悟は決まった――

＊　　＊　　＊

「ピートッ！　アンタのアイディア貰《もら》ったわ！」

監督に対する許されざる態度、とやらについて説教しようとした高島コーチを振り払い、階に駆け上がりながら、私は宣言した。

もう——やるしかなくなった。

あのババアに大口を叩いた手前、意地でも、高精度のプログラムを完成させねばならない。

部屋に入ると、棚《たな》に並ぶCDに視線を走らせる。

「あれだと、どんなジャンルかな？」

〈イメージからすると……、ジャズ系？〉

私は今日中に選曲を終わらせるべく、ジャズの名曲集を片《かた》っ端《ぱし》からプレーヤーに突っ込み、聞き始めた。

＊　＊　＊

説得にかかって30分。未だに、正気か、という表情のままだ。

私の決定に、高島コーチがここまで反対したのは初めてだった。というより、明確な意志を示したのも初めてだったかも知れない。

「紙一重《かみひとえ》で勝っても、どうせ代表は至藤のモノよ。インパクトが大事なの。分かる？」

「今から即興《そっきょう》で作り上げたプログラムで、与えられるインパクトと言えば、無知と無謀《むぼう》、短慮《たんりょ》に向こう見ず。良くて、若気《わかげ》の至《いた》りが関の山だ」

「……コーチ。いつのまに、ヨーコの毒舌《どくぜつ》が伝染《うつ》ったの？」

……ため息と共に、コーチの眉間《みけん》に、何百本目かの皺《しわ》が寄った。

2人とも少しトーンダウンしたものの……、何かの拍子《ひょうし》に最高潮の興奮状態に立ち戻る展開が、ここ30分ほど続いている。

「とにかく、やるしかないの。ババアに大見得《おおみえ》切ったからとか、そんな理由じゃなくて」

「無茶なことに変わりはない」

……こうまで抗論《こうろん》されるとは、正直予想外。でも、根負けなんてしてられない。

「リアのツィゴイネルワイゼンは、グランプリファイナルかロシア選手権あたりで、初お披露《ひろ》目《め》ってことになるんだろけど、さぞかし凄《すご》いんだろうね」

「……それは、まあそうだろう」

「もう暫《しばら》くして、リアのプログラムを見て、ビビッて圧倒されてショック死寸前。で、やっぱりツィゴイネルを避けとけば良かった、って後悔しても、もう遅いんだよね。プログラムを変えるなら、今が最後のチャンスなわけ」

……初めて、コーチを沈黙させることに成功した。

「何か、逃げてるみたいで癪《しゃく》だけど、でも逃げるわけじゃないんだよね。プログラムを一から作り直すって決心する方が、余程《よほど》覚悟がいるのよ。で、何故《なぜ》それをするかって言えば、あの別格女との重複《ちょうふく》を避ける意味もあるけど、何より……」

そこで、ドラマチック効果を狙《ねら》って一息置き……、

「オリンピックの切符が欲しいから。トリノに行きたいからよ。それ以外には何もないわ」

……私も、結構役者になってきたかも。

ちょっとした演技も絡《から》め、ようやく出口が見え始めた、そんな雰囲気《ふんいき》。

「ジルキレフトのプログラムをきちんとこなせば、それ相応の評価は貰《もら》えるはずだが」

「こなせればね」

コーチもようやく、この熱論を終えるべく、形作りに入ったようだ。

「だけど、あのリアのプログラム見て、他人は他人、気にしないで自分のベストを尽くすだけ。なんて、綺麗事《きれいごと》が通ると思う？」

……独身貴族の、大きなため息。

「私はね……」

もう一息。詰めに入る。チェスか何かをやってる気分。

「私の、フランス人形みたいに完璧《かんぺき》な容姿から醸《かも》し出される無機質っぽいイメージを、一新したいの。自分で」

「……それは見事な心掛けだ」

「だから、今のプログラムじゃダメなの」

ツィゴイネルワイゼンは、スケーティングや手足の表現だけでなく、優雅で自然な笑みや視線が、表現として必要になる。

リアと私――

その点においては、雲泥《うんでい》以上の差異だ。

「もう、表情くらいでイヤミたらたら垂れられるのは、うんざりなのよ。とにかく、私にしかできないプログラムに仕上げてみせる。自分の能力は自分が一番分かってるわ」

……コーチの頭が、縦に小さく、数回振られた。

「分かった。思うようにやってみろ。連盟に何か言われれば、俺が責任…」

「いいわよ。私が決めたことなんだから」

そんなに言うなら勝手にやれ、俺は知らんからな。……とは言わない人なのだ。

「三代《みしろ》のイヤミも我慢して聞いてやるわ」

まあ実際そうなれば、それなりの悪口は返すだろうけど……、敢《あ》えて明言はすまい。

「しかし……」

一転、揶揄《やゆ》するような視線が、私を捕らえる。

「確かに面白いだろうが、お前さんが、本当にそんなプログラムをやれるのか？」

＊　＊　＊

翌日。無事（？）、期末テスト終了。

帰り道、ミカに、プログラムの変更を打ち明けた。その内容に関しても。

「……本気？　このタズサが？」

ミカは普段、皮肉やイヤミとは縁がない。何処《どこ》か抜けてはいるものの、ガブリー並みの清廉《せいれん》少女であるのだが……。

「この、って何よォ、このって」

「あ…、ゴメン」

どうも、ピート憑依《ひょうい》の初期段階での奇行の数々が、多くの身近な人間に、妙なイメージを植え付けてしまったようだ。

曰《いわ》く、ストレス性突発型夢想癖《むそうへき》。

コーチやヨーコ、その他スケート仲間、そして、親友のミカまでも。

また、タズサがコワれちゃった――？

そんな感じで、私の顔を下から覗《のぞ》き込むように見るのだ。

「そんなに変？」

「いえ、変とかじゃなくって。ただ、今までのタズサからすると、180度ひっくり返ったかなって……」

そこまではっきり言われると不愉快だが、逆に言えばそれだけインパクトがあるということ。

「あのババアをギャフンと言わせるためには、並大抵の覚悟じゃダメなの」

「……そりゃ、そうでしょうけど」

「でしょお。ということで、頼みがあるのよ。衣裳《いしょう》のデザイン、やって欲しいんだけど」

……はっきりいって、ミカのスケートの素質は、私ほどではない。

その代わりにと言っては何だが、彼女のデザイン、デッサン力は、間違いなく相当なものだ。お世辞《せじ》ではなく、この道で成功すると思う。

今期、私のショートプログラム、フリープログラム共に、コスチュームの評判がすこぶるいい。スケーター本人の演技内容はそっちのけで、抜群《ばつぐん》のセンスを感じるとか何だとか。実はこれら双方、本城ミカのデザインなのだ。

勿論《もちろん》、モデルのあまりの美貌《びぼう》が、コスチュームをより際立たせている事実は否定しようもないが——

もっとも彼女の人生において、ナントカ児童賞とか、文化祭の代表作品などには、不思議と縁がない。私の見るところ、彼女の作品が、年齢の割にマセすぎているからだと思われる。根が素直なだけに、落選するたびに自分の実力不足を口にしていたが、この私が、さしずめ悪魔のように、ミカの耳に向けて何度か吹き込んだのだ。

この日本では、子供なら子供らしさ、女なら女らしさが何よりも貴重。実年齢以上に完成されると、器量の狭い大人の反感を買い、好まれるどころか憎まれるのよ——と。

元々、クリスタルガーデンのアイスメートだったが、以来……、彼女とは一層、波長が合うようになった。

もっともその影響で、純朴《じゅんぼく》なミカの性格までが変わってしまえば、それはそれで自分の罪の大きさを自覚したのかも知れない。しかし彼女は、私のような『社会の敵』とは程遠い人間のまま、それでも私の親友を務めてくれる。

ただ1つ、芸術の世界での自己の作品に対する評価についてのみ、彼女の視点は以前からは考えられないほど、見識に富《と》むようにはなったが。

「お願い。ヴィーナスの化身とも言うべき私の肢体《したい》を、美しく包むコスチュームをデザインできるのは、この世に貴方《あなた》しか居ないのよ、ミカ」

〈……何を言ってるんだ、君は〉

ため息交じりにピートが突っ込むが……、

「ね、お願い。できれば今すぐ、貴方の家に行って、さ」

「……もう」

私の自己陶酔《とうすい》と自己中心性に当てられてか、苦笑交じりのミカだったが、はっきりと頷《うなず》いてくれた。

＊　＊　＊

コスチュームの形状や配色など、私の大まかなイメージを、ミカは実に見事に、1枚の紙に現してくれた。

その日の夕方には、それを然《しか》るべき場所に持ち込むことと相成《あいな》った。が——

毎年、私のコスチュームを手懸《てが》けてくれる、ソーイング会社の皆川《みながわ》さんも、季節外れの注文以上に、その内容に驚いた。

「これ、タズサちゃんが着るの？」

そうマジマジと問われると、つい我に返って尻すぼみになりかけ……、なけなしの勇気を総動員して弱気を粉砕《ふんさい》する。

「ええそう。この私が着るんだから、さぞかしエキゾチックになると思うわ」

「……一体、どんな心境の変化が？」

いつもの私を良く知る人からの、至極《しごく》自然な反応が返ってきた。こうまで正気扱いされないと、さすがに腹立たしくもあるが……。

「あのババアを黙らしてやるのよ。手段は選べないってこと」

その蔑称《べっしょう》の相手を悟り、ケンタッキーおじさんのような穏やかな風貌《ふうぼう》の皆川さんも、さすがに驚きを隠せなかったようだ。私だけでなく、多くのフィギュア選手の衣裳《いしょう》を手懸けてきた人だけに、天下の三代雪絵《ゆきえ》監督の存在は良くご存じである。

「ババアって、タズサちゃんね…」

「いいの。あいつ、私の顔見りゃ二言目には、無表情だのお地蔵様だのマントヒヒだのって、こっちも我慢の限界よ。だから、この私の奥深さってやつを、思い知らせてやるわ！」

……むしろ驚いたのは、付き合いの長い皆川さんの前で、今日この時まで、あのババアをババアと言わなかったこの私の、意外な慎《つつ》ましやかさだ。

まあ、ただの粗暴女と思われるのも何だし。口調を整えた上で、改めて依頼する。

「一応、このデッサンのような感じで。細かい調整はそちらでお任せしますので、よろしくお

願いします。私のサイズは、前回と変わってませんから。あと、このコスチュームで大反響なんてことになったら、皆川ソーイングの宣伝をしっかりしておきますから」

「個人でやってる店だから、注文が殺到しても困るなあ」

……この人のにこやかな笑みは、私がスケートを始めた頃と、何ら変わりない。

「OK、優先してやっておくよ。一応、20日近くかかると考えておいてくれ」

「ええ、十分です」

これで、態勢が整った。後は私次第……。

「そっちに届くのは、年末ギリギリになるかな。晴れ着代わりに、初詣《はつもうで》に着ていくといい」

「なっ……！」

バカ正直にその姿を想像してしまい、私は真っ赤になって食って掛かった。

＊　＊　＊

ニュープログラム用に私が選んだのは、ビッグバンドによる豪快なジャズ音楽だ。

演奏時間も、2分40秒というショートプログラムの規定内に収まっており、何らの手を加える必要もない。

黄金泥棒——

アメリカの作曲家の作品で、日本語に訳すると、こんな洒落《しゃれ》たタイトルになる。もっとも私

が滑るプログラムは、タイトルとは無縁の内容になりそうだ。

「始めるぞ」

コーチの声に、他のスケーターはリンクの端に退《ひ》いた。その時々で、メインの人間の進路を妨害しなければいいだけなのだが……。

私はいつでも、注目の存在。美しすぎる者の宿命だ。

リンク中央で適当にポーズを取ると……。

リンク天井の巨大スピーカーから、いきなり煽《あお》り立てるようなトランペットの重奏が始まった——

＊　＊　＊

ショートプログラムの変更を決断して以来、練習時間は限界まで増えた。

プログラム全体を通して、私自ら考えた振り付けをベースにコーチが手直しや改良を加えていく。当然のことのように、様々な動作の難度アップも要求してきた。

……スケーターによっては、自ら振り付けを施《ほどこ》すことも珍しくない。だがそういった場合の短所として、自分の限界能力に対する甘さが挙げられる。

他者によるプログラム、私の場合で言えば、エフゲーニャ・ジルキレフトだ。彼女の要求は非常に高く、私には到底出来そうにないスケーティングや振り付けが随所《ずいしょ》に加わる。

できるわけない――

練習中、何度となくそう愚痴《ぐち》ってきた。が、その困難を克服《こくふく》すれば、プログラムの難度、完成度が高まり、自身の技量も成長を遂《と》げる。そうやって、進歩していくものなのだ。

よって私は今、高島コーチの加えた、到底モノにできそうにない振り付けの数々を、懸命《けんめい》に習得しようとしている。

……誰よりも熱心、というわけでもなかった私だが、今回ばかりは端《はな》から、尻に火が付きっぱなしだ。

毎朝、6時前には起きて、ランニング。

7時に朝食。

8時から4時間、氷上で練習。

12時に昼食、後、2時まで昼寝。

起床《きしょう》後、床の上で、鏡を見ながらのエアロビクスやバレエ。そして、新プログラムの振り付けの反復練習。

大体3時半頃、再び氷に乗る。

その日の達成度、満足度によっても違うが、基本的には6時頃にリンクを上がり、筋力トレーニングに汗を流す。これが一番嫌いだが、仕方ない。腹筋、背筋、足首、膝《ひざ》、腰、その他、全身をこまめに鍛《きた》える。

1日の最後は、スタミナトレーニング。ルームランナーの上で走りまくって、締める。

夕食の時間は、早くて7時半頃だろうか。

遅くとも9時までには入浴を済ませ、その後は、マンガをちらちらと読む程度。

毎夜、10時前には寝入っている。

我ながら……、よくやると思う。

高島コーチも、全日本選手権までの期間限定ハードモードに切り替えたようだ。

炎と化したこの私の姿を見て、常日頃《つねひごろ》の素顔をかなぐり捨てたのか。或いは、おっとり貴族そのものが、仮面に過ぎなかったのであろうか。

私が醜態《しゅうたい》を曝《さら》せば、コーチのフィギュア界での面目に関わる。無論、そんな計算で動く人ではないが、だからこそ、の気持ちもある。

やらねばならない——

＊　＊　＊

2学期の終業式。

渡された期末テストの成績表は、一瞬、自分のものだとも思えず……。

「タズサ。貴方《あなた》、いつからこんなに出来るようになったの？」

特に英語2科目の点数たるや、共に学年で10本の指に入る始末。わざと間違えておいた箇所《かしょ》もあったのに、それ以上に問題が難しかったらしい。

「うーん……。試合の度《たび》に外国行って、現地の人と話したり、向こうの新聞読んだりしてるから、慣れたのかな」

「なるほど……」

一応の理由にはなったろうか。とはいえ、英語のリーダーに関しては全体で3位で、ヤマを張ってくれたミカをも上回ってしまったから洒落《しゃれ》にならない。

「今度から、私がタズサにヤマ張りお願いしなくちゃ」

「それは止めたほうがいいね。すぐに元に戻るわよ。オリンピックの直前だから、勉強の方も気合い入っちゃって」

……何と白々《しらじら》しい嘘《うそ》だろう。善良な人間だったら、ここらで自分の卑劣《ひれつ》な行為を反省し、神に懺悔《ざんげ》するところだろうが……。

そんな正直者に生まれなかったことを、今は感謝しよう。

＊　＊　＊

通常、冬休みに入ると、土日だけでなく平日の午後も一般開放するのだが、今年は例外。

桜野タズサの特訓は、平日は完璧《かんぺき》なレギュラースケジュール。土曜は午前中に氷上、一般開放の午後は、フロアの上で振り付けや筋力作り。本来休日である日曜も、午前中はリンクに出て、特訓を重ねる。

フリーの華麗《かれい》なる大円舞曲は、完成に近付きつつあるが、一方の新ショートプログラムは……。

「違う違うっ！　リズムを外してるぞ。左手を上げるタイミングがまるで違うんだ。それじゃ、マントヒヒの求愛動作がいいとこだぞ」

「……だから、なんでマントヒヒなのよ」

「優等生のチンパンジー君になりたかったら、もっと呼吸を摑《つか》め。もう一度いくぞ」

激しく怒鳴《どな》ったりはしないものの、三代監督にも劣らぬ過激な物言いだ。

「いいか、タズサ。今の所で、インからアウトに早く移りすぎるんだ。それから、いざアウトに入った時、もっとエッジを倒せ。体重の乗り方が足りないから、次に行く時に流れない」

……100％納得し、私はもう一度、そのパートのやり直しに入った。かなりの毒舌《どくぜっ》が炸裂《さくれつ》するものの、コーチの指示はほぼ的確だ。

「今のままじゃ、ジャンプを全部完璧に飛んで、ようやく5点が出るかどうかだ。まだまだだな」

「上等よ」

もう息が上がってきた。スタミナには定評のあるこの私も、これほど高密度の練習をすれば、そりゃ……。

「……少し休むか？」

「……誰に向かって言ってるのかしら？」

このテンションを、持続させねばならない。余計な思考を紡《つむ》ぎだす暇《ひま》もないくらい。もし一度でも迷えば、底無し沼に落ち込むように自信を失い、自分の道をも見失っていく……、そんな危機感。

今、私がやっているのは、それほどに冒険色の濃い挑戦なのだ。

「よし。次はステップだ。上体の振りは後回し。下半身をとにかく固めろ」

……見てなさいよ、至藤響子《きょうこ》。それと、私には何ら期待してない多くの関係者やファン。そして何より……。

「あの3代目のイヤミ面《づら》に、教えてやるわ。どう足掻《あが》いたって、最後に勝つのは最も美しき者だってことをね！」

＊　＊　＊

右足首が痛んだ。

連日の猛練習が祟《たた》ったのか、数日前から気になっていた箇所《かしょ》が、明らかな抗議の声を上げ始め……。

高島コーチに、早上がりの強制休養を命じられた。

「焦《あせ》る気持ちは分かるが、無茶な練習で本番に痛みを引き摺《ず》れば、とことん後悔するぞ」

……というわけで、その日の夕刻、私は強制的にリンクから放り出された。もっとも、あくまで休養命令であって、静養命令ではない。

「そういや、今日って、クリスマス？」

〈……イブ〉

ピートが正確な事実を指摘した。

〈休んでなくていいの？〉

「スケート靴《ぐつ》履《は》いて滑らなければ大丈夫よ。もし歩くのも苦痛ってんなら、大会どころじゃないわ」


私は、近くの通りをぶらつくことにした。

カラフルな店が立ち並ぶお洒落《しゃれ》な街並みは、週刊誌などにも頻繁《ひんぱん》に登場するようで、イブを楽しむ多くの人間が、一帯を行き交う。

ふと、自分の格好を顧《かえり》みると……、白いセーターに青のジーパン。藍《あい》色のスポーツシューズ。喉元《のどもと》からは、下に着込んだ赤紫のブラウスの襟《えり》が覗《のぞ》く。普段のまんまのオーソドックスな格好だ。

意識のアンテナを張り巡《めぐ》らせば、この私に気付いた何割かの人の驚く様を観察できるはず。でも今は、自分がそこそこの有名人である事実を、意識から締め出しておきたかった。

「まあまあ、綺麗《きれい》なものね」

素直に、そう評した。

立ち並ぶ店の一軒一軒を、それぞれに彩《いろど》る無数のイルミネーションが、ちょっとした夢空間を演出し、雑踏《ざっとう》好きでもない私をも心地《ここち》よくさせてくれた。陽が完全に沈む前、夕暮れ時のネオンってのも、結構オツなものだ。

「今宵《こよい》限りの夢ってトコね」

〈だから、明日もだよ〉

「そうだった」

意識下に、お馴《な》染《じ》みのクリスマスソングが流れ込むが、ここのところ、黄金泥棒を聞きっぱなしだった私の耳には、結構新鮮な響きをもたらした。

それにしても――

〈カップルだらけだね〉

「……」

今、忌《い》ま忌《い》ましげに言わんとしてたことなんだけど。

〈こういうところは、カナダも変わらないよ〉

「でしょうとも」

どこかぎこちなく、途切れ途切れになってゆく私達の会話。どうも、何を話しても不自然な感じがして……、

〈練習以外に、予定はなかったのかい？〉

「別に。誰と何処《どこ》に行けってのよ」

昔からスケート一筋の私にとって、クリスマスだからどう、ということもなかったが、実際こうしてカップルの群れに囲まれてみると、舌打ちの１つもしたくなるというもの。

「汝《なんじ》、聖夜《イブ》に異性と歩くなかれ」

〈……へっ？〉

「タズサの十戒《じっかい》、の１つよ」

ミカのヤツも、今年は相手が居るらしいし……。

どうにも消化しきれない感情が高まった私は、衝動的に、通り掛かりのファーストフード店に足を踏み入れた。特に空腹だったわけでもないが、手ぶらで出るわけにもいかず、ハンバーガーとポテトとコーラを買い求めると、通りに面した屋外テーブルに座る。

ま、クリスマスイブに、こういう食事ってのもいいんじゃないかしら。ファーストフードが不味《まず》かった記憶はないし。

「ま、私くらいの美人になるとねえ、男の方が畏《おそ》れをなしちゃってね」

……私ってば。何をいきなり、余計なこと口走ってるんだか。

やや慌《あわ》てて、ハンバーガーに噛《か》み付く。

〈へえ〉

「あら、疑って…」

「ねえねえ、なんか独り言《ひとごと》言ってる彼女ぉ。誰かと待ち合わせ？」

……ひょっとして、私のコト？

頭の中に、ピートのけたたましい笑い声が響き渡る。

私は憮然《ぶぜん》として左横に視線をずらし……、3人組の男を見やった。全員、無個性な茶髪。しかも、まあ頭の軽そうな……。

「あれ、このコ、見覚えが…、フィギュアスケートのタズサちゃんじゃない？」

……連中のバカでかい声のせいで、道行くカップルの視線が、一斉にこちらを向く。

「本当だ！　ラッキー、何してんの？」

別の男が、馴《な》れ馴《な》れしくも擦《す》り寄ってくるが……、

「クリスマスにナンパ？　ちょっとはわきまえなさいよ」

「固いこと言わない。俺らと一緒にどう？」

「お断り。じゃあね」

回数は多くないものの、男に声をかけられたのはこれが初めてではない。だが、その際、この世の通例文言。

ゴメンなさい——

これを口にしたことは一度もない。なんだって、こっちが謝らなきゃならないのよ。

……一方、下僕《げぼく》を追い払うような私の態度に、かえって引き下がれなくなったのだろう。

「いいじゃん。1人なんだろ？　つれねえこと言うなよ」

しつこく食い下がられ始めたが。

……見てると、3人の内の1人は、この茶番《ちゃばん》に全く参加していない。うん、いい心掛けだこと。

「結構イケてるでしょ、俺ら」

「……」

私の目元から露骨《ろこつ》な嘲《あざけ》りを見て取ったのだろう。さすがに彼らの顔色も変わり……、

「一つ教えてあげるけど。否応《いやおう》無しに目が肥《こ》えまくったフィギュアスケーター相手に、容姿で釣《つ》ろうとしても無理だから」

「……何が言いてえの？」

「フィギュアやってるあっちの男って、超Ａ級のマスクランカーがゴロゴロ居るわけ。そんな環境で滑るのが一旦当たり前になると、日本人アイドルとか、自称ハンサム君なんて、みんなジャガイモか何かに見えちゃうのよ。まして……、ま、言わなくても分かるわよね？」

……目の前で、言葉を失う2人。顔の皮膚《ひふ》だけで、理性を維持している。

〈ちょっと言いすぎだって〉

ピートだけでなく、周囲も騒《ざわ》つき始める中、私は平然と、食事に戻るが……。

「タカシぃ？　何やってんのよ！」

これまた軽そうな声と共に、3人の女が登場し……、一応の理解を得た。

「遅《おせ》えんだよ。ったく」

男3人、女3人で待ち合わせしてたらしく、私の舌鋒《ぜっぽう》に黙らざるを得なかった2人にとっては、丁度《ちょうど》いいタイミングだったようだ。

「スケートのタズサちゃんを見付けたから、誘ってたんだけどな」

「順序が逆でしょうに……」

〈言えてる〉

ピートに向けた私の台詞《せりふ》も、6人の内の誰かには聞こえてたかも知れない。

「ほんとだ！　桜野タズサじゃん！」

ま〜た、でかい声で。

バカ男共の相手に相応《ふさわ》しいバカ女だが、既に十分、注目を惹《ひ》き付けている以上、新たに騒ぎが拡大することもあるまい。

だが、3人の女の内、下品なまでに分厚《ぶあつ》い唇の1人は……、

「いいよ。私、この子あんまり好きじゃないから」

実に正直者だった。しかし、本人の前でよく言うこと。

「俺もそうだね。タカビーだし、すげえ気取ってるし」

茶番《ちゃばん》に不参加だった男も、それに加勢《かせい》する。

……不思議と、全く腹は立たなかった。

好き嫌いは誰にでもあり、こいつらはそれを正直に言ってるだけ。もっとも最近は、キロバイト単位の感情チップしか持たない尻軽人間が増えてるし、こいつらも間違いなくその類《たぐい》だ。

私が嫌い、とするその理由の、何と貧しいことか。

「だったら邪魔《じゃま》しないでくれる？　たまの休養なんだから」

……その一言で、残る女2人のちっぽけなチップも、あっという間に負に染まったようだ。

「何よこいつ……、ちょっと有名だからって、いい気になって」

ほんとだ！　桜野タズサじゃん！

って、10秒前に叫んだ女が、一転してコレだもん。

「ほんと、凄《すげ》ぇヤな女」

「至藤響子《きょうこ》のライバルだってだけだろ」

「どうせ、オリンピックなんて無理だって」

「いい気味」

……6人全員が、完全に私の敵に回ったようだ。まあこれも、いつものこと。

〈なあ、タズサ…〉

目の前に右手を出し、何か言い掛けたピートを制すると……、これ見よがしにため息をつく。

「なるほど。本当は私みたいに気取りたいのに、実力が圧倒的に不足してるのね。お気の毒さま」

一瞬、6人は絶句し、ついで、お互いに顔を見合わせる。

「超ムカつくっ…！」

2人の女が、同時にそう叫んだ。抜群《ばつぐん》の呼吸だ。

「いい気になってんじゃねえぞ！」

1対6にも拘《かか》わらずの舌戦《ぜっせん》の不利に憤《いきどお》ったか、男が1人、血相を変え、私の目の前に迫ってきたが……、

「私は桜野タズサって者だけどぉ！」

やや芝居《しばい》掛かった動作を自覚しながらも、ここぞとばかりに立ち上がり——

「せっかくだから、アンタ達も名乗ったらどう？」

……6人が、立ち竦《すく》んだ。

多重構造の人垣《ひとがき》のど真ん中、私の渾身《こんしん》の大声に、連中の数を頼む心理が一瞬にして砕《くだ》かれ……、互いに顔を見合わせては、狼狽《ろうばい》を顕《あらわ》にする。

「周りを見なさい。これだけ観客が居るんだから、桜野相手に玉砕《ぎょくさい》したボンクラ3人と、そのツレの女3人の名前と顔くらい、よーく覚えていてくれるわよ。それで今日から、アンタ達も有名人。成績表の赤点の数から、性病治療のカルテまで、根掘《ねほ》り葉掘《はほ》り探られるかもね。それでもいい？」

更なる攻勢に……、色を失う6人。

周囲を囲む数々の視線に当てられ、泣きだしそうな女もいる。何とも見苦しい。

……アホらしくなってきた。こんなことで注目されても仕方ない。

「さっさと行きなさい。これ以上の騒ぎになってもいいの？」

……まだ揉《も》めるかとも思ったが。

在り来《きた》りの捨て台詞《ぜりふ》を残す奴も居たが、結局……、自分の顔を隠すかのようにコソコソと、私の目の前から失せていった。

「……ちょっと、スカッとしたかも」

椅子《いす》に座り、澄まして食事を再開する。

依然として騒《ざわ》ついてはいるが、野次馬《やじうま》も段々とバラけだした。

〈やれやれ……。人騒がせな〉

「スポットライトに不慣れな人間には、こういう手段が有効なのよ」

そう言い放って……、

「……ってことを、私は今、学んだのよ」

〈君ってやつは……〉

＊　＊　＊

とんだ邪魔《じゃま》が入ったが。

実に慎《つつ》ましやかな食事を終えた私は、近くの、最近新しくできた公園に足を運んだ。

赤い絨毯《じゅうたん》のような平らな敷地に、周囲を様々な色のライトに囲まれた噴水の数々が、それぞれの色に映えた飛沫《ひまつ》を上げる。

私は、ベンチの1つにどっかりと座り、背もたれに体重を預けると、一応ロマンティック、な光景を眺め遣《や》った。

しかし、他のベンチはほぼ全て、1人の男と1人の女という組み合わせで埋め尽くされる。イブの日ともなれば、当然かも知れない。

しかし――

「いい加減、カップルは見飽《みあ》きたんだけど」

〈僕もだ〉

どう考えても、言い掛かり以外の何物でもない発言に、ピートは相槌《あいづち》を打ってくれた。

「たまには、MMとかFF、なんて組み合わせがあってもいいのに」

〈……あのな〉

考えてみれば、無個性な眺めだ。

個性が大事なフィギュアスケーターとしては、クリスマスイブの夜、カップルだらけの公園のベンチで、そっけない服装のまま1人佇《たたず》んでいるこの状況こそ、貴重なものであり……、説得力皆無《かいむ》！

我ながら、何といじましい考え方だろう。

「やれやれ、場違いだったわね」

そりゃそうだ。どう考えたって、独り身の私が来る所じゃ……、

〈僕じゃ不足かい？〉

「――っ！」

……あまりに直接的すぎる発言に、私は大いに戸惑い。

「何言ってんのよっ！」

反射的に、上擦《うわず》ってしまう声。

「だって……、幽霊でしょ、アンタ」

〈確かにそうだけど、映画なんかじゃ…〉

「映画は映画」

……数秒の沈黙。

私は、大きくため息をついた。必要以上に突っ撥《ば》ねるのはよそう。こーゆー時くらい。

ひょっとすると……。

というか、多分。その意識があったから、こんなトコまで歩いてきたわけで。今もこうやって、ベンチに座って噴水眺めてて……、

「まあ……、そういうことにしておいてもいいか。今日くらい」

……奇妙なくらい、素直になってる自分が居る。私としたことが、何か、らしくないけど。

〈じゃ、１人っきりのデートってことで〉

……私の背中が、ベンチの背を少し滑った。

「……センスないのね、カナダ人って」

〈いや、あのね。僕がセンスがないからって…〉

「カナダを巻き込むのは止めてくれ」

完璧《かんぺき》に後を受けてみせると、更にベンチに体を沈め、大きく足を組む。

「ずっとこうしてるのも暇《ひま》だから、アンタの話でも聞いてやるわ」

〈……話って?〉

「任せる」

暗くなった空に顔を向け、小さく口笛を放った。

〈……えっと。君が知ってるように、僕の生まれはカナダ。大陸東部のハリファックス。19 89年7月…〉

「ちょっと待った！　誰がアンタのプロフィール紹介しろって言ったのよ?」

〈え、いや。君が任せるって言った…〉

「そうだったわね。やっぱ続けて」

〈……へ?〉

気が変わった。こんなシチュエーションで、のんびり話を聞くのも悪くない。

……ピートの生い立ちから、死ぬ直前までの、一大叙情詩《じょじじょうし》を聞き終える。特記すべきはこの私が、時々相槌《あいづち》を打つくらいで、余計な口を一度も挟《はさ》まなかったことか。

「結構、面白かったよ、何か、偉人の伝記みたいで」

〈どう致しまして〉

「それにしても、このスケベ幽霊にも、こんなまともな過去が……」

考えてみれば、当たり前だ。

雷に打たれて死ぬという、不運な偶然。更に、ヴィーナスの如き美少女に憑依《ひょうい》するという立て続けの偶然を経てきただけ。当のヴィーナス、桜野タズサにとって、天から舞い降りた唾棄《だき》すべき疫病神《やくびょうがみ》、ピート・パンプスにも、普通の家庭と普通の人生があり……。

今までほとんど、考えもしなかったけど。

「で、ちょっと気になった所に話戻すんだけど、その、女子アイスホッケー部のブレンダって娘は、結局どうしたのよ？」

〈……それがさ。急にアメリカに引っ越しちゃっ…〉

「キャハハハハッ！」

我ながら、奇っ怪な笑い声を発してしまい……、近くを通り掛かったカップルが、例によって変人を見るような視線を送ってきた。

でも、別にどってことない。

「汝《なんじ》、氷上の女を追うことなかれ」

〈……へ？〉

「ピートの十戒《じっかい》、にでも加えておきなさい」

……今、とても楽しい時間を過ごしている。他人から見れば間違いなく1人ぼっちなのに、何か不思議。

そりゃそうだ。幽霊、だなんて。

ピートの話じゃ、10年に1人も居ないって言ってたっけ……。

「こんな体験、そうそうできるものじゃ…」

突然——

ある事実が想起された……。

ピートの憑依《ひょうい》はきっかり100日。2ヵ月後のトリノオリンピック、女子シングルフリーの日の、24時まで。

……どうしたんだろ、私。

そんなの端《はな》から分かってた。だけど急に、それが……、

〈ん？　どしたの、タズサ〉

「……何でもないわ」

この声が、あと2ヵ月で聞けなくなる……。

＊　＊　＊

翌日。

ケンタッキー皆川さんが自ら、待望の逸品《いっぴん》を届けてくれた。

私の新コスチュームの全容は、デザインしたミカ以外に、皆川さんと私、そしてピートしか

知らない。コーチもさぞかし驚くだろう。

ミカのデザイン画の限りでは分からなかったが、ケースを開け、いざ実物を目の前にしてみると……、

「や……、参ったわね。ここまでとは」

想像以上の過激さだ。ミカのスケッチを持っていった時の皆川さんの、マジマジと私を見つめる視線が、今更ながらに思い出される。

「確かに、綺麗《きれい》な色だけど……」

鮮やかなピンク色のワンピース。

衿《えり》と袖口《そでぐち》に白いフリルの付いた、半袖《はんそで》の上衣。スカートはフレアの超ミニで、その裾《すそ》を、やはり白のフリルが一周する。

レースのエプロンも、純白色だ。ミカのデザインの通りなら、臀部《でんぶ》の上あたりで作られるボリューム豊かな蝶結《ちょうむす》びが、チャームポイントの1つになるだろう。

見るからに活動的な印象を与える衣裳《いしょう》ではあろうが……、何か、ギャルゲーのメイドっぽくもあるし。

「皆川さん、悪乗りしすぎよ」

〈何を今更。それに、率先《そっせん》したのは君じゃん〉

……そうなんだけど、正直、ちょっと腰が引けちゃうかも。

〈着てみたら？〉

「……楽しみなわけ？」

〈あ…、いや〉

一旦は言葉に詰まったピートだったが……、

〈まあ、ね。そりゃ、僕も男だし〉

……そうも爽《さわ》やかに開き直られると、こっちが困る。どんな反応を示せばいいのか。

〈実際、似合うと思うよ。いかにも可愛《かわい》らしい、って感じで〉

「何言ってんだか」

さり気《げ》なく応じようとしたが、声が妙に上擦《うわず》ってしまう。ぎこちない手付きを自覚しつつ、コスチュームを手に取ってみた。

「動きには問題はなさそうね。すっごく軽いし」

次の一言には、それなりの勇気が要った。

「着てみるわ」

＊　＊　＊

東京クリスタルガーデン、女子更衣室の大きな鏡の前で。

数十回の躊躇《ちゆうちよ》を経た挙げ句、遂に覚悟を固めた私は、ピンクのワンピースを試着し始めた。

今まで着馴《きな》れたコスチュームではない。

目を瞑《つむ》りながらでは困難だったが、何とか着れたようで、目を開ける、と――

「……ひゃあ……」

〈……かわいい〉

あまりに直情的なピートの言葉すら、意識を自然と通り抜ける。

鏡に映った――

「これ、私……？」

凡百極《ぼんぴやく》まるその一言が、私の驚きがどれほどのものかを如実《にょじつ》に物語っているわよ……。

辛《かろ》うじて客観的視野を保ち続けた理性の最北端が、自分自身にそう語りかけた。

〈驚いた。びっくりだよ……〉

鏡に向かってちょっとポーズを取っただけで……、醸《かも》される犯罪的魅力。

下ろしたての、純白蛍光色のリボンを手に取ると、いつものように、髪を左右の後方に、それぞれ束ねる。

「うわ……」

ますます様になっちゃうじゃない……。

〈エプロンがまだだよ〉

「……」

息を呑《の》んだ私は、何も言わずにエプロンを着け、後ろ手を腰に回し、蝶結《ちようむす》びを作る。

ピンク色の半袖《はんそで》とミニスカートの上から、白いレースのエプロンがふわりと重なったコントラストは、想像を遥《はる》かに超えて刺激的であり……。

「いくら何でも……、ちょっと革命的すぎやしない？」

……正直、自分が怖いくらいよ。

〈誰かが、君を見てショック死しなきゃいいけど〉

「アンタでも良かったのよ、それ」

〈ひどいな〉

……私の精神波はようやく、正常値の上限まで戻りつつあった。


……深呼吸を数回。

私は、更衣室を出てリンクに向かった。

＊　＊　＊

「なんだなんだっ……？」

アイスメートの1人の、慄《おのの》くような声。

そして、唖然《あぜん》——

この時点でリンクに居る10人超が、ものの見事に固まっている。ポカンと口を開けたまんまの、ジュニア選手も2人程。

高島コーチまで、魔女に時間を止められたかのように、ボーッ……、と。

「似合うよぉ！」

……私は、照れ混じりの笑顔を作ってそれに応えた。

「ホントに似合うよ、タズサ。可愛《かわい》いーっ！」

「ありがと、ミカ。貴方《あなた》のお陰よ」

……ようやく石化呪文《せっかじゅもん》が解け始めたのか、私を横目に見ながら、他のスケーター達も動きだした。

「何だか、違う自分になれそう」

というか。ここまで頑張《がんば》って何もならなかったら、それこそ……。

＊　＊　＊

今年に限り、大晦日《おおみそか》も正月もないわ！

と息巻いてたけど……、大晦日のドラえもんだけは見とこうかな。そう考え、実行したものの、しかし実際にその程度だ。

後は練習に次ぐ練習。空き時間はひたすら体を休める日々。

年は明けて正月元日——

運命の全日本選手権大会まで、あと5日。

どちらかというと迷信深い高島コーチは、私の五輪切符獲得《かくとく》を願って神社にお参りに行こうとしたが……、

「あのね、コーチ。もし私がオリンピック行きを逃したら、参拝《さんぱい》なんて下らないことしたコーチの責任だからね」

そこまで言われて、尚も我を押し通す勇気は、この人にはない。

汝《なんじ》、神を信ずるべからず——

『タズサの十戒《じっかい》』の1つだ。

＊　＊　＊

1月2日の練習が終了し、残すは3日。

タズサ・ウエイトレス・ナンバーは、当初の予想を遥《はる》かに超えた仕上がりを見せている。実際、滑っていてこれほど楽しいプログラムは、記憶にはない。ショートに必要な8つの要素が、流れの中で完璧《かんぺき》に盛り込まれた上、プログラム全般にわたって見せ場が多い。

特に、ラストのサーキュラーステップから、スタンドスピン。そして、最後のオチ。

我ながら圧巻。至藤やババアの驚く顔が見物だわ……。

ただ、やはり滑り込みの絶対量不足に加え、新プログラム習得の余波を受ける形で、フリーの、華麗《かれい》なる大円舞曲を磨《みが》き上げきれなかったのが心残りか。

「何、心配いらない。やれることはやったさ」

「って、言われたことは何度かあったけど？」

そう返すと、頼りないことに、コーチは暫《しば》し言葉を失い……、

「ゴメン。私が転んでばっかいるから…」

「いや。ここ最近、たまたま転んでただけだ。そう思え」

……おっとり優司《ゆうじ》の苦悩が分かる。

練習でのジャンプの成功率は高いこの私が、本番になるとミスを重ねる。認めたくはないが、精神面が未熟である何よりの証《あかし》だ。

そんなメンタルの制御《せいぎょ》は、コーチング技術の中でも最も、繊細《せんさい》にして困難――

「大丈夫よ、コーチ。今度こそ決めてみせる」

「気楽にな。失敗したからって…」

「人生終わるわけじゃない」

例によって私が受けると、コーチは人差し指を横に振ってみせた。

「お前が美人であることも変わらない」

「……まあ、お上手《じょうず》」

口下手《くちべた》なコーチのこと。この台詞《せりふ》1つ創造するのに、何日寝ずに考えたのかしら。

「ありがと、コーチ。でも、本番は4日後だよ。こういうシーンは、少し早いかもね」

「そうだったな」

私の肩にコーチの手のひらの重みが乗る。

……この人が、独身貴族ねえ。

女の方に見る目がないのか、それともこの人が、然《しか》るべき時に私以上の朴念仁《ぼくねんじん》なのか。

「とにかく、明日から3日間、疲れを抜けよ。氷に乗るのは構わないが、滑りのチェック程度に留めるように」

「分かってる。他に何か言っておくこと、ある？」

……首を振りかけたコーチだったが、眼球を半回転させ、躊躇《ためら》いがちに口を開いた。

「その、だいぶ良くなったんだが…」

「笑顔、でございましょうか、コーチ？」

冗談めかして問い返し、困惑げな苦笑を招いた。

「ま、そうなんだ。はっきり言って、今までのお前と比べれば、別人だ」

「実はそうだったのよ」

「ただ、な……」

今度は、冗談にも反応が返らず、私は表情を引き締めた。

「とかく精神論を強調するわけじゃないが、何かまだ、表情を作ってるんだな。笑顔に限らず、だ」

「……かもね」

「あのタズサがここまで変わったことだけでも、相当評価されるとは思うが……」

そう。五輪切符は努力賞じゃない。認められるのは、垣間《かいま》見える努力ではなく、純粋な結果。リンク上に現れし実力。

「今のままでも、様にはなってる。インパクトも十分だ。ただ、連盟の人間が見て、どこまで点数を出してくるか」

「分かった。じゃあ、体を休めるついでに、今から女優修業に専念するわ」

ふと、コーチが悪戯《いたずら》っぽい表情を作り……、

「そういえば2ヵ月くらい前、お前がやってたのって…」

「あれは違うの」

恥ずかしい記憶の数々が呼び覚まされ……、口を尖《とが》らせると、2階へ駆け上がった。

＊　＊　＊

表情を作ってる……、か。

私は例によってベッドに寝転がり、天井のコミックヒーローのポスターを眺めた。

……綺麗事《きれいごと》ではなく、見れば分かるものだ。

例えばガブリエラなんかは、いつも本当に楽しそうに滑ってる。あの演技から、スケートを

愛する彼女の心の内を、疑い得る要素は何一つなく……、いや、そんな理屈すら、不要となってしまう。

弱冠《じゃっかん》14歳2ヵ月で世界王座に君臨《くんりん》した、リア・ガーネットの表情や仕草などを見れば、自分が女王であると信じて疑っていない。神聖不可侵《しんせいふかしん》、などという戯言《ざれごと》でさえ、リアに限っては相応《ふさわ》しく思える。

私の演技に、その手の要素が……、僅《わず》かにでもあるのだろうか。

フィギュアスケートはスポーツだ――

他の競技と同様、技量や体力、精神力に優れた者ほど、勝利に近付ける。

だが、それだけではない。振り付けと選曲、衣裳《いしょう》との調和など……、点数に反映する要素は無数に存在する。

例えば、見る者の心をワクワクさせ……、ジャッジや観客、メディアまでをも味方に付けてしまうような演技。スポーツとしてはやや不純な発想かも知れないが、勝敗を決する一大要素として、見逃せはしない。

でも、私はその手の事実を無視してきた。或いは、無視しようとした。

改めて思う。何故《なぜ》だろうか……、と。

〈何かお悩みでしょうか、マドモアゼル？〉

……今、話し掛けようとしたところだったのよ、実は。と、声に出さずに白状した。

「アンタは……、私が表情を作ってる、って感じる？」

我ながら変な質問だ。第三者ではなく、完全に同化してる幽霊相手に。

〈ウーン、そうだね。何と言うか……、どこかに何か閊《つか》えてて、それが邪魔《じゃま》して表情が出しきれてないんじゃないかって……〉

……無意識の内に、呼吸を止めていたようだ。天井に向かって息を吐き出すと、両手を頭の後ろに敷く。

「うまいこと言うわね。私も、そんな感じがするのよ」

素直にそう認める自分に少々驚き……、加えて最近、それが珍しくなったことに、改めて戸惑う。

らしくないのか、ようやく、自分らしくなってきたのか。或いは、ただの気まぐれか。

気まぐれなら……、別にいいか。

「いつだったか、アンタ訊《き》いたよね。私が何で笑わないのかって」

〈うん〉

「大したことじゃないんだけど……」

小学2年生の時だったと記憶している。

クラスでも出色《しゅっしょく》の美貌《びぼう》を買われ、私は学芸会の主役に抜擢《ばってき》された。

当時、既に高島コーチと2人で同居し、フィギュアスケーターを目指していたが、今のようにヒネくれてはいなかったわけで。

私は、自分の責務を全《まっと》うするため、色々な映画やドラマを見て独自に研究を重ねた。そして、いざ稽古《けいこ》本番に入り。

地道な努力の成果が出て、私はたちまち名女優としての地位を確立するかに見えた。

ところが……。

学芸会担当の先生が、私に注意した。というより、批判した。

子供なんだから、変にマセた演技をするな。

みんなの足並みを乱すんじゃない――と。

その、およそ先生の名に値しない下衆《げす》な中年男は、単に自分の価値観に根付く、素直で純朴《じゅんぼく》な子供らしい子供、ではない者を矯正《きょうせい》したかったのだ。

無論、奴のチンケな腹の内など、当時の私には分かるはずも……、否《いな》。

本能的に、感知していたのかも知れない。

とにかく、私は反論した。子供なのに大人っぽい演技をして、何が悪いのか、と。

……今にして思えば、なかなかの文句だった。

もっとも、そんな折の下衆の反応は、これまた決まっている。

口答えするな――

……ついでに、その先生の批判を受けて、主役の私を嫉視《しっし》する連中が便乗した。私はたちまち、美貌を鼻にかけた格好つけの目立ちたがり屋、として見られるようになる。

以来――

意識の上層部に、無意識のバリヤーが張られたのだろう。

演劇へ参加することは2度となかったし、私生活はそれほど変わらなかったが、私のステージであるアイスリンクにおいて、その影響は顕著《けんちょ》に表れた。

コーチは恐らく、それが思春期にありがちな、照れの影響だと思ったに違いない。


〈ふーん。なるほど〉

……何で、コイツにこんな話したのかしら。まあ、隠すようなことでもないけど。

〈カナダじゃ、そんな先生はまず…〉

「ええ、この国のしょーもないトコよ。突出するヤツは突出させとけばいいのに」

〈同感。高島コーチには、この話したの?〉

「いいえ。するまでもないわ」

コーチに無用な心配をかけたくなかったし、何より……、学校なんぞの悶着《もんちゃく》を持ち込めば、私の居場所である高島邸《てい》と、東京クリスタルガーデンアイスリンクの神聖さが、損《そこ》なわれてしまう。

当時の私にとってそれは、許されざる冒瀆《ぼうとく》だったのだ――

「何にせよ、私のようにヒン曲がると、人生ってトコトン難しくなるようね」

〈……でも、言っちゃ何だけど。君のそういう性格って、先天的なものだと思うよ〉

しら。

「な……」

突然、ずばりと切り込まれ、敢《あ》えなく沈黙。どう応じればいいのだろう。やっぱ怒るべきか

〈今の自分は嫌いじゃないだろ？〉

「……そりゃ、美神の化身《けしん》ともいうべき…」

〈容姿の話じゃなくて〉

はぐらかすことも許さないような口調に、いささか鼻白《はなじろ》んだ私は寝返りを打つと、右頬《みぎほほ》に頬杖《ほおずえ》をついた。

「まあ、ね。やりたいように、やれてるし」

〈そうだろうねー〉

一転、からかうような物言いに、反射的にカチンときたものの。表に漏《も》れたのは……、苦笑、かな？

〈学芸会の一件が遠因《えんいん》にあったとしても、そんな過去にいつまでも影響される君じゃないだろ〉

あまりにあっさり結論付けられてか、素直にはなれず……、何か言い返したくなるような、言い返したくないような。

けど、どのみち反論の糸口はなかった。ついでに、その必要性もない。

〈君が笑わないのは、単純に君が…〉

「照れ屋だから？」

〈それもあるよね。だけどもう1つ。今の話で思い当たったことがある〉

……何か、自分が丸裸にされていくような気分。でも、悪くない。

私を解いてみなさい――そんなトコかしら。

〈君は、大衆が望むような人間には、なりたくないんじゃない？〉

「……」

……私は、完全に意表を突かれた。

〈特に、さっきの話の類《たぐい》の、チンケな大人を喜ばせる存在には、意地でもなりたくない〉

「……あ」

頬杖《ほおづえ》を外し、完全に仰向《あおむ》けになる。

パーッと、空が晴れ上がるような感覚に包まれ……、

〈スポーツ選手らしく、とか、女らしく、とかやっちゃうと、自分が自分でなくなっちゃう。そんな警戒感っての？〉

……ベッドに転がったまま、私は幾度も頷《うなず》いた。

何で笑わないんだ？

今まで数え切れないほど、問われてきた。無論、高島コーチにも。

そして、下された評価の数々が――

照れ屋。恥ずかしがり屋。自分に対する自信に欠ける。気取り屋。突っ張ってる。ツンケン

してる。etc、etc……。

でも……、それだけじゃなかった。

自分でも、分かりそうで分からなかった、無意識下のブレーキ。心の奥底にたゆたう不鮮明な感情。

「……そう、かもね」

もう、認める認めないの問題ではない。

私は心底、納得した。なんて、爽快《そうかい》な気分なんだろ――

〈だったら話は簡単さ。リンク上で天使のような笑みを浮かべる桜野タズサが、実は大衆的価値観と秩序《ちつじょ》の敵で、ってのが、そういう連中にとっては何より腹立たしいだろうし〉

……確かにその通りかも。

やるべきことはやった上で、見下すべきを見下せばいい。

もし、アンチアイドル的願望のために、オリンピックを逃しでもすれば、それこそ本末転倒《ほんまつてんとう》のいい見本だ。

「……にしてもアンタ。結構、言うわね」

〈誰かさんの影響じゃないかい？〉

……私は、小さく吹き出した。確かに、間違いなさそう。

それとも、こういう思想系統も、霊的な波長、とやらと関係あるのかしら？

〈ところで……、それって何の劇だったの？〉

「シンデレラ」

〈へえ……。王子様が羨《うらや》ましい〉

なっ…、何言うのよ、コイツ。

私は狼狽《ろうばい》しつつ、ベッドの上に上体を起こし、髪の毛をグチャグチャと掻《か》き回した。

「……アンタ、最近変だよ」

＊　＊　＊

いよいよ、全日本選手権が明日に迫った。

舞台は東京。臨海副都心《りんかいふくとしん》に新設された、最高設備のアイスアリーナ。

高島邸《てい》からでも十分近いが、一応、会場に隣接するホテルに入り、明日を待つ。

尚、滑走順の抽選会において。

偶然にも、先月のＨＮＫ杯に引き続き……、興味深い並びと相成《あいな》った。

その後、同ホテルにて、恒例《こうれい》の記者会見。

例によって、複数のスケート連盟のお偉方《えらがた》に、発言に気をつけるように念を押された。そういうことするから、余計突っ走りたくなっちゃうんだけどねえ……。

騒々《ざわざわ》とした、会見前の独特の雰囲気《ふんいき》。大きめのホールに、記者とカメラマンが集結している。全部で50人は下るまい。

それも、私と至藤の２人だけのために、だ。

「聞くところによると、桜野タズサとかいうタカビーな美人スケーターが、近頃、スポーツ紙とか芸能雑誌とかのド庶民《しよみん》メディアを騒がせてるらしいわ。知ってた？」

〈……タズサ。君ねえ〉

ブツブツと独《ひと》り言《ごと》を並べる私に、左隣の至藤が、訝《いぶか》しげな視線を向けてくる。

「何でも、取材に来る記者を、召使《めしつかい》のように扱うんだそうよ」

〈だから、やり過ぎだって言ったのに〉

どうやらこの大会は、品行方正の淑女《しゆくじよ》、至藤響子と、高慢ちきな桜野タズサという、対照的な２人の対決という構図にされたようだ。

マスコミとしては、格好の題材なのだろう。この桁外《けたはず》れの人数が物語っている。大衆受けのいい、女の情念剝《む》き出しの戦いへと煽《あお》り立てるつもりだろうが……。

「では、会見を始めたいと思います」

司会者の声に、一応真っすぐ前を向くと……、早速《さつそく》、あるものに気が付いた。

良識派の領袖《りようしゆう》達が送り付ける、刺《とげ》のある視線。小綺麗《こぎれい》なスーツで身を固める至藤に比べ、セーターとジーパンという格好の私は、彼らの精神的安定を損《そこ》ねるものらしい。

「最初に、お２人に一言ずつ、明日からの試合の抱負をお聞かせ願います。まず、至藤さんから」

カメラが一斉に、左側の至藤に向く。

「ええと。今大会が、オリンピックの最終選考会であることは、皆さんもご存じの通りですが、私にとっては、いつもと変わらない大会です。1つ1つの積み重ねが、オリンピックという舞台に繫《つな》がると考えているので」

……数拍を置いて、私に回答が振られた。

「私も、いつものようにベストを尽くすことを考えるだけです。最終選考会だからといって、特別なことはありません。悔《く》いのない演技をしたいと思います」

多分……、みんな拍子抜《ひょうしぬ》けしたろう。

私のひねくれ根性は、三文ドラマ仕立てを狙うマスコミ連中を失望させるため、とことん平《へい》凡《ぼん》な答えに終始することを選んだ。

あとは、至藤がどう出てくるか。

「桜野選手。ここの所、連日のように、各種メディアに取り上げられることが多いと思いますが、その辺は如何《いかが》ですか？」

「私、アニメしか見ないしマンガしか読んでないので、よく分かりません。どうと言われても困ります」

……気を遣ってくれるコーチのお陰で、その手の下らない雑音に煩《わずら》わされずにすむ。

また、大会直前の至藤と私に、過剰《かじょう》な取材を控えるよう、連盟が取り計らってくれたとも聞いた。もっとも本音は、何を言い出すか分からない私への警戒だと思うのだが。

「明日のショートプログラムの滑走順ですが、至藤さんが19番目、桜野さんが20番目と聞きました。偶然にも、HNK杯の時と同様、至藤さんの直後に桜野さんという形となったわけですが、お2人の対決にどう関わってくると予想されますか？」

……そう。またしても私は、測ったように、喜ばしからぬ順番を引き当ててしまったのだ。正直、至藤の直後というのは一番嫌な位置。もっとも決まってしまった以上、今更じたばたすることもあるまいが。

「今回の大会は、私と桜野さんの2人しかいないわけではありません。それと、滑走順の影響は私にはありません。私は、自分の出番の直前には人の演技を見ませんので」

常識人の至藤の、予想通りの回答。

ただ、私にとっては少々、嫌な話題となりそうな……。

「桜野さんは、前回のHNK杯で至藤さんの直後に滑って転倒していますが、今回、そのあたりの意識について何かあれば」

……何かあれば、ねえ。

舌先でつつくような、底意地の悪い質問だが、ここで皮肉や挑発で応酬《おうしゅう》しても空《むな》しいだけ。

何といっても、3回連続でミスしているのは事実なのだ。

「ミスはミスです。その原因を滑走順に求めようとは思いません」

我ながら、見事に抑制が効いている。

……この場に居る多くの記者は、さぞかし落胆《らくたん》したのではなかろうか。

……会見は、メディア側の期待に反して淡々と進んだ。

「桜野選手、ライバルの至藤選手に何か言いたいことはありますか？」

「特にありません。私は、自分のベストを尽くすことしか考えていませんので」

必死で、ドラマの糸口を作りたがっているのが窺《うかが》える。だが無論、そんな茶番劇《ちゃばんげき》に付き合うつもりはない。

「至藤選手、桜野選手に何かあれば」

「特にありません。自分の演技をするだけです」

あまりに素っ気ない返答に、会場のテンションは大きく減退している。

暗い満足感に浸る私だったが……、もう1つ、意外な感情に囚われもした。

いわゆる、至藤への親近感、というか。

多分彼女も、この目の前の連中が何を楽しみにしているかということを重々承知の上で、淡々と凡百《ぼんぴゃく》な回答に終始している。そんな感じがしたから……。

会見は、何ら盛り上がらぬまま終わろうとしている。でも、それで十分。試合前に、大口を叩く必要が何処《どこ》にあるの？

全ては本番。何を見せるか——

＊　＊　＊

私の部屋はダブルルーム。

間取りは広く、壁やカーテンがベージュ色で統一された、目に優しい空間という感じだ。

「いよいよ明日、かぁ……」

万感《ばんかん》を込めて呟《つぶや》いた……、のとは、ちょっと違う。

〈あっという間だったような気がするよ〉

「そうね」

これまで幾度となく経験してきたが、試合前日の夜ともなればやはり、過度の緊張から眠れないことも多い。

想定され得る様々な状況が、頭の中でぐるぐると回りだして……。

ここ3大会、ショートプログラムで立て続けに、1回ないしは2回のミスを犯している。3回のジャンプを確実に決めねば、話にもならないのに。

明日のショート。もしまたミスれば、4大会連続……。みんな、さぞかし呆《あき》れるだろう。そしてその瞬間、至藤に五輪切符が行くのでは。そんな気がする。

しかも、滑走順は至藤の直後。堅実な彼女が、ノーミスでフィニッシュする可能性はかなり高い。場内は割れんばかりの大歓声。早くも勝負あったかのような雰囲気《ふんいき》に、もろに呑《の》み込まれてしまえば……。

「あ……」

〈……タズサ？〉

不意に、不安が込み上げてきて――

「タズサ、居る？」

「……え？」

部屋のドアを、聞き慣れた声が叩いた。

「ヨーコ？」

クリスタルガーデン所属選手の試合で高島コーチが不在の場合、森《もり》コーチという30歳くらいの優しい女の人が、臨時コーチとして来てくれる。一時期、2人のロマンスもあるかと思ったが、どうやら飛躍に過ぎなかったようで。

私の遠征の時は、ヨーコが家に1人になるため、彼女が高島邸《てい》に泊まり、面倒を見てくれる。

だが今回、意外なことにあのヨーコが、私に同行してきたのだ。同じホテルのツインルームに、コーチと一緒に泊まっている。

ドアを開けると……。

黄色いパジャマを着込み、頭からタオルをかぶった妹が居た。風呂《ふろ》上がり直後と思《おぼ》しき格好で。

「バカ姉貴に一言。せいぜい頑張《がんば》るのね」

……あら、ま。

「どういう風の吹き回しかしら？」

「別に。まあ、どうせ望み薄《うす》なんだし、ダメ元で思いっきりやったらいいんじゃない？」

……相変わらず、人の神経を逆撫《さかな》でせずにはいられないヤツ。でもそれって、姉の影響かしら？

「そんなこと言いに、わざわざ来たの？」

「ううん。もしタズサが、ビビりまくって真っ青な顔して震えてたら、からかってやろうと思ってたんだけど。カメラまで持ってきたのに、期待は外れだったみたい。仕方ないから、本番直前まで待つことにするよ。じゃあね」

……小さな嵐は、一方的に去っていった。

〈いい妹だね〉

本能的に……、こめかみに血管が浮く。

「あのね、ピート。その手のつまんないこと滅多《めった》に言わないから、アンタを買い始めてたのに。この私の信頼を無にする気？」

〈あ、そうだったの？〉

鼻を鳴らすと、いつも自分の部屋でやるようにベッドにダイブし、仰向《あおむ》けに転がった。

「あいつ、この偉大な姉への無礼の数々に戦慄《せんりつ》して、たまに懺悔《ざんげ》しに来るのよ。さっきみたく」

〈あれが懺悔《ざんげ》？　凄《すご》い解釈だね〉

「何にしても、あの子の普段の暴言は、到底許容できるもんじゃなくってよ」

〈偉大なるお姉様に似たんじゃないかい？〉

……ふと、気付いた。

ホテルの一室で、明日の大勝負を控えた身なのに……。私は今、ここ2ヵ月ほど続く、いつもの光景の中にいた。私の部屋のベッドの上の、いつもの夜と同じ……。

誰かが見れば、想像上の王子様か誰かと喋《しゃべ》ってると思うだろうけど、それは紛《まぎ》れもなく、現実なのだ。ピート・パンプスっていう、カナダ人の幽霊と……。

「何か、気が抜けちゃった」

小さく鼻を鳴らすと　入浴の準備を始める。

そういえば、最初の頃は……。

入浴拒否に始まり、熱湯にスクール水着で飛び込んで、存分に茹《ゆだ》った。だが、水着を着たままでは洗えない箇所《かしょ》も多く、すぐに目隠し入浴へと切り替わった。

ただこのスケベ、私が際どい所を洗うたびに、ひゃっ…、とか、うわっ…、とか。恐れ戦《おのの》いての反応ならまだ許せるが、生理的興奮、とかの産物なら……。

そうピートを問い詰め、真っ赤になって怒った覚えもあるが、実はちょっと、面白くもあったり。

「そういえば、アンタに取り憑《つ》かれて以来、私、胸とかお尻って……、見てないのよ」

〈……だから？〉

ピートが固まったのが感じ取れる。こういうのが楽しみで……。

「成長具合、この目で確かめたいんだけど」

〈……ああ、そのっ…〉

「と、思ったけどやめた。アンタのスケベは治ってないようだし、ねえ？」

〈……あのなあ〉

カラカラと笑う私に対し、憮然《ぶぜん》とした反応が返ってきたが。

「ちょっとした冗談よ。大体、大会前日にそんなことやって、興奮して眠れなくでもなったら、どう……」

……顔中の血が沸騰《ふっとう》する。

もうっ。何言ってんのかしら、私。

「そんなサービス、するわけないでしょ！」

声を荒らげ、たまたま指先に触れたリモコンのボタンを押した。

テレビがついた。

そりゃ、当たり前よ。

ああ、気まず……。

＊　＊　＊

普段と変わらぬ呼吸のままに。
「おやすみ」
〈ああ、おやすみ。タズサ……〉
……特に緊張もせず、私は自然と、心地《ここち》よい微睡《まどろ》みに落ちていった。
明日のことは、明日考えればいいさ。
ピートが、そう言っているような気がして……。

V　タズサ、三日会わざれば

２００６年フィギュアスケート全日本選手権、女子シングル、ショートプログラム。

全28選手中、至藤《しとう》は19番滑走、その直後、20番が私だ。

5人、もしくは6人ずつに組み分けされ、私は第4グループの4番目の滑走となる。それだけならわりと、理想的な順番だ。

第1グループによる、本番直前の6分間の練習が開始された。

早くも、会場が大きく盛り上がる。国際大会ではない試合で、これほど客席が埋まるのは珍しく、注目度の高さがうかがい知れよう。

第1グループには、至藤の前の全日本チャンピオン、安友毬《やすともまり》が登場。もう25歳になるが、未だ高い技術とスケートにかけるひたむきな姿勢が支持されてか、高い人気を誇っている。……当然、私よりも。

練習とはいえ、彼女がジャンプを決めると、一段と大きな拍手と黄色い声援が飛んだ。

「さすがに、人気ね」

選手控え室に設置されたテレビで、ボソッと呟《つぶや》いた。

私の周りには、出番を待つ他の選手とコーチが幾人か。非常識な本音は漏《も》らせない。

「此処《ここ》に居るか？」

高島《たかしま》コーチから声がかかる。

「うん。2、3人ほど見とくよ」

まだ、私のグループの演技開始まで、優に2時間以上待たねばならない。

ストレッチなどで体を暖め、休め、心身をリラックスさせ、集中力を徐々に高めていく。その手順を踏むには十分だ。

＊　＊　＊

心臓がバクバク鳴りだした。既に3人が滑り終えているが、彼女達の緊張感、切迫《せっぱく》感がこちらにも伝わってくる。……出番はまだ、当分先なのに。

3番滑走、練習では好調に見えた安友毬が、ジャンプで2度の失敗という、ベテランらしからぬ演技に終わった。こういうのも結構、後の選手のプレッシャーとなる。

私はテレビの前を離れ、精神を集中するべく、アリーナのロビーにあるソファーの1つに寝転がった。他のソファーにも、選手やコーチがパラパラと見受けられる。

この大会に出場できる選手は、国内で選《よ》りすぐりのエリートスケーター。中でも、私と至藤にはオリンピックの切符、その下の選手は、四大陸選手権の出場権を懸《か》けて。また、国際試合に出ることのできない多くの選手にとって、この全日本選手権が最大の大会だ。

それぞれに、懸ける思いは大きい――

＊　＊　＊

第2グループまで終わると、15分程度の整氷作業。ここまで10人のスケーターがリンク上で渾身《こんしん》の演技を披露《ひろう》したが、彼女達のスケート靴《ぐつ》のエッジが穿《うが》った、大小無数の穴や亀裂《きれつ》を、係り員が手早く塞《ふさ》いでいく。その上を整氷車が通過し、まっさらな氷面に塗り替えていく。

一連の整備作業が終了すると。

[第3グループの選手の方は、練習を開始してください]

……徐々に、出番が迫ってくる。

ロビーの鏡に映る私の目は、かつてないほど血走ってきていた。

ソファーに腰掛けた私は、ヘッドフォンを装着し、使用曲の黄金泥棒をスタートさせる。

曲に合わせ、イメージするのだ。

ジャンプ、スピン、ステップ。1つ1つの振り付け、アピールすべき……、笑顔。

高島コーチは、私が一連の集中力作りをする上で、ずっと傍《そば》に付いていてくれる。

幾度か会話を交わし、辛《かろ》うじて落ち着きを保っていたが、心臓音の加速は、ピートが共有、認知するところだ。

……否《いや》が応にも考えざるを得ない。４年に１度のオリンピック、その切符を獲《と》るため、トリノへ行くために。

この全日本選手権、特に、今日のショートプログラムの持つ意味を。

ジャンプで失敗すれば、もう……。

ダメ——悪いイメージしか浮かんでこない。

ジャンプで転倒し、ああ、やっぱ転んじゃった……、と思いながら立ち上がる、私の姿。

もし……。もし、今日決められなければ。

もう一生、ショートでジャンプは跳べなくなるんじゃないだろうか。そんな恐怖に呑《の》み込まれ——

「……ゴメン。暫《しばら》く１人にして」

そう頼むと、高島コーチは私の肩を軽く叩き、静かに離れていった。

試合前、今まで何度か、こうして１人になりたい時があったが……。

今日は違う。

「ねえ……」

ピートと、話がしたかっただけ。

「決められるかな？　ジャンプ」

こんな頼りない問い掛けもない。何と言って欲しいのだろう。心配要らない、絶対に決められる、と？

〈タズサ、自分を信じて〉

……そんな形式的台詞《せりふ》の無力さを、ピート本人が誰よりも感じたようだ。

〈うんと、そうだな。僕ならこう考える。スポーツに１００％って数字は存在しない。だから、とにかくいつものように踏み切ることだけを心掛ける。それでやっぱり失敗しちゃったら…〉

「あのね。今日に限っては、どんな理由があっても失敗は許されないの。死んでも決めなきゃ。アンタも分かってるでしょ！」

思わず声量が増し……、私は首を竦《すく》めた。

パラパラと散らばる選手やコーチのうち何人かが、神経質な視線をよこす。

〈……突発性タズサ症候群〉

「うるさいのよ」

〈そりゃゴメン〉

……余裕《よゆう》がなくなってる。最近は、こんな憎まれ口にも、冗談混じりで応じられるようになってたのに。ピートの気分を害してなきゃいいけど……。

〈君を確率論で納得させるのは無理だと思うけど、あのリアだって、ジャンプを100%成功させるのは不可能なんだ〉

「……何が言いたいのよ」

いや。うっすらと意図は分かる。けど、あのリアに限って、100があるような気もするし。何の気休めにもなりゃしない。

〈絶対、なんて、ありもしないことに固執しても無意味だよ。それより念頭《ねんとう》に置くべきは、いつものように滑って、踏み切るってこと〉

「口で言うのは簡単よ」

そう、これぱかりは同様の経験がなければ分かるまい。アイスリンクと一般劇場などとの最大の相違点は、360度、観客に囲まれているということ。自分の前面だけを相手に、何かを演じるのとはケタが違う。

背景も小道具も、他の役者も、舞台裏も袖《そで》もない。基本サイズ、縦30メートル横60メートルの真っ白なリンク上に、たった1人。自分の体の表も裏も、頭も首筋も横顔も……、全てが、四方を囲む観客の視線に曝《さら》される。その緊張感たるや……。

「リンクに出ると、否応《いやおう》無しに全身ガチガチ、石化しちゃうのよ。どうしたって、練習通りになんていかないわ」

〈だろうね。でも、100がないのと一緒で、スポーツにはゼロもない〉

……予想とはちょっと違ったアプローチがでてきた。

〈どんなにカチンカチンになってても、決められるかも知れないよね〉

「……そりゃ、ま」

〈固くなろうが、完全にリラックスしようが、決まるときは決まる。転ぶときは転ぶ〉

「限度があるわよ」

でも……、確かに一理あるかも。

〈たとえ失敗続きだろうと、いつかは決まるさ。でもって、それが今日である確率は、僕的には結構高いと思うけど〉

……このスケベ幽霊が、1つ1つの表現に細心の注意を払っているのがよく分かる。皮膚《ひふ》表面に神経が剝《む》き出しになったかのような今の私には、ちょっとした一言が、凄《すさ》まじい重圧となって襲い来るのだ。

〈月並みだけど、練習でいつもやってた通り、やるしかない。もしガチガチのままだとしても、君の実力なら、成功率はそんなに下がらないんじゃないかな〉

そう言われると、そんな気がしないでもない。

〈結果がどうなっても、その時はその時。その理《ことわり》は、神様でもどうしようもない〉

……今のは、気持ちいい論法だった。結果は神のみぞ知る、とか言われるよりも。

〈そういえば君は、無神論者だっけ?〉

「神様の有無《うむ》についての論文なんて、書いた覚えはないわ。見たことないから信じないだけ」

〈ハハハ……〉

正直私は、無神論を徹底信奉《しんぽう》してはいなかった。或いはしきれなかった。普段は全く信じてないくせに、いざ追い詰められると、藁《わら》をも掴《つか》む思いから、つい何かに縋《すが》りつく癖《くせ》が、ないとは言えないから……。

〈とにかくどんなに、絶対、を願おうが祈ろうが、そんなことは起こり得ない。もしジャンプが決まったとしても、全確率中の、成功、のエリアに目が転がっただけさ。勿論《もちろん》、失敗もそれに同じ〉

「……」

〈神様に逆らうのは君らしいけど、確率に逆らっても意味がない。なんせ向こうには意志がないんだから〉

一瞬、私には——

ピートが、ある種の預言者《よげんしゃ》のような存在に思え……、

「……うまいこと言うわね」

……楽になった。信じられないほど。

根本的な解決、ではなかろう。だが、深く突き詰めて墓穴《ぼけつ》を掘っても仕方がない。とにかく、楽になれたことが大きい。

〈アップは？〉

「そうね、始めますか」

2度目のウォーミングアップ。

私はソファーから立ち上がると、広いロビーを軽く流し始めた。

＊　＊　＊

今、第3グループの最後の選手の演技が終了し、これから採点に入る段階だ。リンクサイドに出て、第4グループの他の5選手と一緒に、ウォームアップエリアに立っている。内1人が、至藤響子《きょうこ》だ。

精神の安定は、そう長くは続かなかった。

原因の1つは、私の派手なピンク色の、ウエイトレスコスチュームだ。クリスタルガーデン以外では、まさに初公開となるわけで。

今はまだ、体を冷やさぬためのジャンパーを着ているが、いずれこれを……。

「やば。緊張してきたよ」

〈いいんだよ。それが普通さ〉

「いや……、コスチュームの方でね」

考えようによっては、緊張の原因がそっちにあるのは好都合かも知れない。

だが――

多分、このジャンパーを脱いでウォーミングアップを始めた時、他の5人を、無論至藤をも圧倒的に凌《しの》いで、注目されるのは私だ。

……あれが桜野《さくらの》タズサ？

……あの衣裳《いしょう》でどんな演技を？

……ついに、イッちゃったのかしら？

様々な想像が話題に転化し、騒《ざわ》つく会場。なんてリアルな想像かしら……。

その上、このコスチュームで転倒してしまった日には――

〈……タズサ？〉

「なんてこと……」

後悔が、怒濤《どとう》のように体中を走る。

私は今、心底、目立たない衣裳にしておけばよかったと思っていた。

［第4グループの選手の方は、練習を開始して下さい］

……実はこの段階ではまだ、ウォームアップスーツを脱がなくてもいい。でもここで着たままだと、いざ本番の時に初公開になるわけで、いくら何でもそれはまずい。

グループ6人の最後に氷上に出た私は、リンクサイドの高島コーチの前まで滑り寄り、ジャンパーを脱ぐ――

多分その瞬間、私に注目していた観客は少なく、従って、徐々に……。

「せっかく可愛《かわい》いコスチュームなんだから、お辞儀《じぎ》でもしてきたらどうだ？」

「コーチッ！」

……耳まで真っ赤になっているのが、自分でも分かる。

「まだウォーミングアップだぞ。さっさと体を暖めて、2、3発転んで来い。そうすれば…」

意識しすぎてアガっていた私は、コーチの言葉を聞き終わらぬ内に、リンクの中央に向かって滑りだすが…、

〈危ない！〉

「わっ！」

近くを滑っていたスケーターとぶつかりそうになり、慌《あわ》てて衝突を避ける。

「御免なさいっ…！」

素直にそう謝った。

だが、先方は私に一睨《ひとにら》みをくれ、それから私のコスチュームをマジマジと見つめ……、すぐさま滑り去っていく。

「もうっ…、何やってんのかしら、私ってば」

ダメ。私、何か無茶苦茶焦《むちゃくちゃあせ》ってる。

……会場中が騒つき始めた。

私のコスチュームへの注目率が、加速度的に増殖《ぞうしょく》しつつあるのだろう。観客1人1人の声までが、はっきり聞こえてくるようで……。

〈驚いたなあ〉

「何がよっ……！」

全身が無数の視線に照射《しょうしゃ》される感覚に耐え切れず、手近なピートにあたる私。

〈君が、素直に謝るなんてこともあるんだ。しかも、サルみたいに反省までするなんて〉

「……あのね」

さもバカにしたようなピートの物言い。

〈ブラジャーでも降ってきそう…〉

「私はね、自分が悪ければ必ず謝るわよ。前から思ってたけど、アンタ、何か重大な勘違《かんちが》いしてない？」

……こうして喋《しゃべ》ってれば、少なくとも気は紛《まぎ》れる。

「で、何がブラジャーなのよ？」

〈カナダじゃ、雪の替わりにブラが降るんだ〉

「……ホント？」

〈ウソ〉

……軽く息を吐き、肩の力を抜く。

頭を掻《か》いた指が、リボンに触れた。

「あとでトマトよ。このアンポンタン」

＊　＊　＊

いよいよ、この大会のヤマ場。

至藤と私の、直接対決――

コスチュームの恥ずかしさなどではなく、演技への正常な緊張感が、体を覆《おお》っていく。

〈見るの？〉

「ええ」

ライバル選手の演技は見ておく。それが、私のスタイルだ。

特にこのような大一番《おおいちばん》。不慣れな行為によるちょっとした違和感が、冷静さを失わせ、心を乱す。……ツキも、奪われる気がする。ともかく、モニターから目を離すわけにはいかなかった。たとえ、至藤の完璧《かんぺき》なパフォーマンスに、打ちのめされようとも。

［19番、至藤響子さん。横浜《よこはま》ワンダーランドアイスリンク所属］

黒のラインの入った赤いコスチュームに身を包んだ至藤が、ゆっくりとスタートの位置に着き……、エリーゼのためにのピアノ演奏に合わせ、動きだした。

……できれば1度くらい、失敗してくれないかな。

それが、正直な腹の内――

彼女がミスれば、私もミスった時の免罪符《めんざいふ》になるのか。そうは思えない。至藤の場合はたまたまで済むが、私の場合は……。

それでも、ライバル選手に完璧な演技をされると、一層、精神的に追い詰められることも確かなのだ。特に、私の現状を鑑《かんが》みれば、強迫観念に近い焦《あせ》りが、ジリジリと胸郭《きようかく》をせり上がり……。

歓声……。一拍置いて、もう1つ。

トリプルルッツからダブルトゥループ。文句なしのコンビネーションに、モニターに映える至藤の笑顔――

私は思わず首を前に折り、額《ひたい》を手で覆う。

……ダメ。ダメよ。相手のミスを祈願《きがん》するような精神状態で、いい演技などできようはずがない。

いいこと、タズサ――

貴方《あなた》は、ドンと構えてればいい。ライバルがちょっとジャンプ決めたくらいで、律儀《りちぎ》にプレッシャー背負ってどうすんのよ？

……何とか、自力で持ち直す。

直後――再びの歓声。

〈トリプルフリップだ。さすがだな〉

「ちぇっ」

……まあ、舌打ちくらいは止むを得まい。

事実、至藤の確実性は憎らしい程だ。多少は緊張しているはずなのに。大したヤツ。

よく見ると、プログラムの所々に手直しが施《ほどこ》され、前回のHNK杯に比べ、更に洗練されてきている。連盟の内定見送りの決定を受け、怒りもあったのか。至藤はもう一段、レベルを上げたと言うべきだろう。

〈結構じゃないか。キョウコの完璧《かんぺき》な演技は、この後のタズサをそれだけ光らせる〉

「凄《すご》いプラス思考ね」

〈マイナス思考に陥《おちい》る理由はないさ〉

……ええ、そう。私にだって、秘密兵器ともいうべき新プログラムがあるんだから。

＊　＊　＊

至藤がまたしても、ノーミスで演技を終えた。

空気が割れるかのような拍手。相当数のスタンディング・オベーションが生じている。

〈みんな気が早いなァ。これから、真打《しんう》ちの登場だってのに〉

……小さく頷《うなず》く私。とにかく、強気に、強気に。

リンク上に出た私は、幾つかのスケーティングで、氷の感覚を確かめた。

まだ、至藤に投げ入れられた花束がリンクのあちこちに点々としており、ちびっ子スケーター達が回収に追われて――

「あっ……」

視界の端にある問題人物の姿を認め……、本能的に、気後《きおく》れしかける。

〈監督？〉

「そうよ。ちゃっかり居るわ」

灰色の毛皮のコートに身を包んだ痩身《そうしん》の中年女の姿が、リンクサイドに陣取《じんど》った連盟関係者一群の中に見受けられる。このピンクのコスチュームを見て、どんな感想をお持ちだろうか。考えてみれば、あのババアのイヤミにキレて、プログラムを急遽《きゅうきょ》変更、この過激な衣裳《いしょう》まで突っ走ったのだ。

「私の凄《すご》さを思い知らせてやるわ」

三代《みしろ》監督に、そして自分自身に、そう言い聞かせた。

［至藤さんの得点――エレメンツ］

場内アナウンスが告げ、観客の視線が電光掲示板の方へ向くのが分かる。

「耳、塞《ふさ》ごうかしら……」

そんな私の気持ちなどお構いなしに、沸き上がる歓声。

［5・8、5・7、5・7……］

まず、要素点が読み上げられる。

要素、表現、各9個、計18個の点数が出るのだが、既にこれだけの……、

「ちょっと高いんじゃない？」

国内大会の点数は、世界の有力選手が参加しないため、国際大会のそれと比べて大幅に上がる。従って、ジャンプさえ全部決めれば、私にも……。

まずいこと、考えちゃった？

「わっ…、やば……」

薄皮《うすかわ》1枚で抑えてきた緊張と恐怖感が、一気に意識表面に噴き出し――

「プレゼンテーション」

心搏《しんぱく》の大音響が、体の隅々《すみずみ》まで行き渡る。圧迫される胸腔《きょうこう》、狭まる視界……。

混乱から逃れるべく、視線を転じた先が。

〈あっ……〉

……私の方は、声も出せなかった。

渦《うず》を巻くような場内の大歓声につられ、思わず、電光掲示板を見やってしまった私は、至藤の表現点を目《ま》の当たりにし――

5・9が5つ…、いや、6つ。

出し過ぎよっ――！

腹の中で、怒鳴《どな》った。

国内選手権の点数には、えてしてその国の連盟の意向が反映される。

意識が、違う方向へ流れ始めた。連盟の奴ら、最初から至藤を選ぶって決めてるの？　もう1人の候補である私に、点数を残しているとは思えない……。

手足が震える。震えが止まらない。

「……どうしよう」

いくら理論で武装しても、この、単純な逼迫感《ひっぱく》、恐怖感を、どうすれば……。

「ピート、なんか言ってよっ！」

〈何を言うのさ？　君は君の演技をするだけ。大丈夫だよ〉

「そんなこと言ったって！」

5・9が6つ。5・8が3つ。あんな点数に勝てるわけないじゃない。

私の精神回路は、混乱の極《きわ》みにあった。

今のまま滑ったら、失敗くらいじゃ到底済まない。間違いなく、ボロボロに――

「ピー……」

言い掛けて……、止めた。

〈タズサ？〉

「なんでもないわ。平気」

……私ったら、まるで子供。1人で緊張しまくって、怖くなったらピートを呼んで。

両手で左右の頬《ほお》を2度、ひっぱたいた。ファンデーションを含んだ顔に、電気的な熱が走る。

〈痛いって〉

抗議するピートと、バクバクと鼓動する心臓に構わず、私は無理やり、肺に空気を吸入し……、

「フーッッ……」

吐き出す。が、体内を縛《しば》り付ける圧迫のせいで満足に息が吸い込めず。……新鮮な空気が胸郭《きようかく》を満たすまで、更に数回、深呼吸を繰り返した。

そう。至藤の点数がどうだろうが、私の演技に影響はない。関係ない。

〈また例の発作《ほっさ》？〉

「違うわよ」

……嵐に呑《の》まれた小舟のように、急激な浮沈《ふちん》と旋回《せんかい》を繰り返した挙げ句――

私の目線は、ほぼ水平な形で静止した。

＊　＊　＊

［20番、桜野タズサさん。東京クリスタルガーデンアイスリンク所属］
遂に名前がコールされ……。
リンクサイドの高島コーチの前に、ゆっくりと滑り寄る。
「自信を持て、タズサ。普通のスケーターじゃ、到底、ここまではできなかった」

コーチの手が、私の頭に軽く置かれ……。

「ここからは、お前の独《ひと》り舞台だ。存分に、見せつけてやれ」

ここぞとばかりの、抜群《ばつぐん》の台詞《せりふ》。コーチのことだから、また幾夜か……。ま、それは置いといて。

1つ頷《うなず》いて踵《きびす》を返すと……、リンクの中央へ滑りだし、両手を広げてポーズを作った。

大きな拍手が私を迎える。

クールビューティー桜野タズサが、ウエイトレスかメイドのような格好でどんな演技をするのか、それもあるだろうし、何といっても、至藤の唯一のライバル。それが私だ。

〈とことん楽しもう。そして、三代監督の度胆《どぎも》を抜くんだ〉

「勿論《もちろん》よ」

緊張……、は、してる。

心臓の周囲が、過敏な素粒子で覆《おお》われたような、たまらない感覚。

そう、このままいってみよう。

桜野タズサ、ウエイトレスナンバー。

「行くわよっ！」

＊　＊　＊

数瞬《すうしゅん》の静寂――

突然、トランペットの重奏が一気に全開し、ジャズ音楽、黄金泥棒がスタートした。

身を翻《ひるがえ》した私は、両開きのドアを開け、客を店に迎え入れる。椅子《いす》を1つ引き、客を座らせると、メニューを置いて立ち去る。

これらの動作をスケーティングに乗せて、氷上のマイムで魅《み》せるのだ。

〈いいね、摑《つか》みは上々〉

さて、1つめのジャンプ。

トリプルフリップ――

通常、難度の高いルッツやフリップは、リンクの長辺を助走に使い、フェンス際で跳ぶのが一般的だ。タイミングを摑みやすいという利点もある。

そこを敢《あ》えて、ジャッジの目の前で決めてやろうというのだ。ただ、リンクの形状からして跳びにくいし、転倒でもすれば余計に目立つ。

一種の賭《か》けだが――

9人のジャッジが並ぶリンク正面を向こうに見ながら、一気にそちらに向けて切り込む。

ターンを2つ入れ――

テイクオフ！

……よしっ！

「イヤッァ！」

アピール十分のトリプルフリップを決め
右足で完全に氷を掴んだ、きれいな着氷《ちゃくひょう》姿勢のまま、私は目の前のジャッジ席に向い
ンクを飛ばした。

〈ベリーグッド！　タズサ〉

……試合本番で、こんなにリラックスしてジャンプを跳べたことがあったろうか。

一瞬、自分が自然に笑えている今の状況を理性で捉えようとしたが、すぐに頭の外に弾《はじ》き出した。

滑っていて愉《たの》しい。何か問題でもある？

可愛《かわい》さを強調するように、腰を小さく振りながら……意識は、次のコンビネーションジャンプに向いている。

そういえば——

次のルッツはリンクの端で跳ぶが、その際、目の前のフェンスのすぐ向こうに、三代監督が居たはず。

中指立てるのはさすがにまずいから……、舌を出す程度で我慢しとこうかしら。

また……、笑っちゃった。今度はちょっとヒネた、悪戯《いたずら》ネコのような笑み。

ジャッジから見て右から左。リンクの横幅をフォアスケーティングで助走しつつ、軽いステ

ップを加える。

呼吸を整え、時計回りにハーフターン、そして。

トリプルルッツ——

……完璧《かんぺき》っ！

下りる。更にっ…、
ダブルトゥループ——

もう余裕《よゆう》で着氷。

でもって、舌をペロッと……。

〈おいおい、タズサ〉

「へへっ」

ホントにやっちゃった。この後、ババアとの対面が楽しみだわ。

ともかく、此処《ここ》まではパーフェクト。ルッツコンボ成功の勢いそのまま、会場のテンションにも乗り、軽快な流れを維持しつつ、コンビネーションスピンに入った。

キャメルスピンからシットスピン。軸足《じくあし》を換えて、更にシットスピン。回転力を落とさぬまま徐々に体を持ち上げ、更に両手でグーを作って左右に軽く突き出す。コマが回るような、独特な形に見えるはず。

スピンから立ち上がった私は、ジャッジに向かって投げキスを飛ばすと、続けてレイバックスピンに入る。

ジャズ音楽、黄金泥棒の軽快なテンポに合わせ、技を次々と叩き込むような展開に、そして私の美しいレイバックに、嵐のような拍手が湧き起こる。

……鳥肌が立った。私の演技で、こんな大きなのは聞いたことがない。

スピンを回り終え、次の動きに入る前のポーズも、つい過剰《かじょう》にセクシーに。アドリブで右手を上げ、手のひらを回転させて場内を煽《あお》る。

控えめが美学の日本人は、こういう場面では反応が鈍いが、今日の盛り上がりは凄《すご》い。この雰囲気《ふんいき》の形成には、至藤の完璧な演技がベースにある。悪いが、こうなったら彼女もろとも呑《の》み込むのみ。

どんどんノってきた。不敵な笑顔がこぼれている感じ。私のことだから、さぞかし魅力的に映ってるでしょうね。

さあ忙しくなってきたわ——

店に次々と客が入ってきては、注文してくる。対応に追われる私は、いくつかのテーブルをハシゴしながら、注文を書き留めたり、メニューを渡したり。優柔不断《ゆうじゅうふだん》な客にいらつき、不埒《ふらち》な客の誘惑を刎《は》ね付け、トレイから皿を滑り落としかけながらも、各テーブルに料理を運ぶ。

その流れの中で——

得意のダブルアクセル！

よしっ……！

余裕で着氷し、お気にいりの客の座るテーブルの前で、ちょっと色目を遣ったりして。

気付くと……、何という拍手の量。

〈凄《すご》い！　いいぞっ、タズサ！〉

小さな投げキスで、双方に応えた。

……感情をありのままに出すことが、これほどの快感とは。

曲調は少し穏やかに。

スパイラルシークエンスのパートだ。片足を高く上げたまま、もう一方の足だけで氷面を流れていく。軸足《じくあし》やポジションを換えながら、リンクに大きな半円を3つ、スムーズに描き終えた。

再び、アップテンポ――

小刻みなステップを組み込んで、そつなく曲想を表現。続く数秒間のドラムの独奏パートで、私は滑りを止め、ジャッジ側を向くと、両腕を回し、拳《こぶし》を真上に振り上げ、膝《ひざ》を突き出しながらガッツポーズでアクセントを付ける。

さあ、ここからが、このプログラム最大の見せ場、サーキュラーステップ。リンク中央を中心とする大きな円を、ステップを踏みながら描いていくのだ。

弾《はじ》けろっ！

混雑がピークに達した店内で――

泣けるほどの人手不足。メチャ忙しい中、両手のトレイに料理や水を満載し、文字通り駆け回る私。

反時計回りに滑走しながら、各テーブルに半ば放り出すように皿を置いていく。客の苦情など構ってられない。

レジも私がやるの？　ああ、もう！

お客さん、さっさとお金払ってよね。

苛立《いらだ》ちも顕《あらわ》に、キーを神速的《じんそく》スピードで連打し、レジを済ませる。

ジャズナンバー黄金泥棒は、少し長めのドラム独奏パートに突入。

すぐ次が待ってる。出来上がった料理を、小走りに走りながらトレイに次々と乗せ、ジャッジの前でストップ――

右手でトレイを支えたまま、左手でミニスカートを少し摘《つま》み上げ、右足を後ろに引いて両膝を軽く曲げ、素早く丁寧《ていねい》にお辞儀《じぎ》。

更に前に進み出て、フェンスギリギリまで近付き、フェンス沿いに移動しながらジャッジに直接料理を配る。

１人、２人…、ああもう忙しいのに、まどろっこしいっ！

すかさずバックスケーティングに切り替え、時計回りのターンに合わせて、３人、４人、５人――

全ての皿を捌《さば》ききると、トレイを小脇に抱え、今度は左右の手でスカートを摘み、もう一度レディの振る舞い。

ここでメロディーが復活し、スピードに乗ったバックステップを披露《ひろう》。ジャッジの方を向いたまま、リンクの中央寄りまで戻ると。

その場で踊って踊って踊りまくって――

さあ、いよいよフィナーレだ。

エッジに体重をかけ、力強く滑り出すと、大きく右足を振り上げてのフライングシットスピン。通称デスドロップと言われる大技だ。

続いて、軸足《じくあし》の膝《ひざ》を深く折り曲げた状態から、スピンの回転力を更に加速させながら、徐々に上体を持ち上げていく。

いつのまにか、私の左右の手にはトレイが乗り、両肩の外あたりでそれを支えている。その格好のまま、完全に体を起こしきると、つむじ風のような高速スタンドスピンを10秒近く披《ひ》露《ろう》。

ところが――

調子に乗って回り過ぎたため、回転が解けた時点で三半規管《さんはんきかん》がイカれ、フラフラと足元が覚《おぼ》束《つか》ない。よろめいた挙げ句、2枚のトレイを支え切れず、上に乗ったたくさんのコップもろとも、空を舞う。

私は頭を抱え――

ガッチャーン!

パリパリン、パリン…、パキン。

曲は終わったが、コップが無数の破片に変わる残響音が、尚も響き渡り……。

大失態に戦慄《せんりつ》する可憐《かれん》でチャーミングなウエイトレス。口元を両手で押さえながらキョロキョロと周囲を見渡し、誰も見ていないことに気付くと、すかさず――

「シィィイッッッ……」

唇に人差し指をあてがい、客席にも静寂を要求。

すぐにニコッと笑って刺《とげ》を取り、チョコンッ、てな効果音に合わせ、小悪魔っぽく肩を竦《すく》め、舌を小さくペロッ……、と。

演技、終了――

＊　＊　＊

……沸き上がる、拍手、歓声。

ハッと我に返り……、だけど、何か現実離れした空間にたたずんでる。

どちらかといえば静かな日本の会場で、一斉のスタンディング・オベーション。足元の氷面までが震動するような、拍手の波動。

2分40秒の全力滑走を終え、乳酸《にゅうさん》の蓄積した筋肉を鎮《しず》めるべく、腰に両手をあてがう。虹《にじ》色の興奮が全身を駆け巡《めぐ》り、思わず跳び上がって絶叫したくなるような、そんな衝動に駆られた。

「夢……、じゃないよね、これ」

一瞬、怖くなった、本当にそうだったらどうしよう、と。

でも……、うん。夢じゃない。

この私が、プログラムの途中から我を忘れた。心臓を捩《ね》じ切るかに思われたプレッシャーも何処《どこ》へやら。ただひたすら、滑って踊った。

……腰にあてがった両手が、小刻みに震えている。全てを出し切り、信じられないような演技ができた。

〈……最高だよ、タズサ〉

「ピート。アンタ、天才よ」

自然と込み上げた台詞《せりふ》ついでに、右側頭部を拳《こぶし》で3回ほど、軽く叩いた。私自身をも劇的に変化させた、『ウエイトレスナンバー』の発案者への、感謝を表して。

……この歓声と拍手、この興奮と快感に、いつまでも浸っていたい。

そんな欲求を抑え、私はいつものクール・タズサを理性の深部から呼び戻し、リンクの四方に向け、それぞれ丁寧《ていねい》にお辞儀《じぎ》をした。

……至藤とのオリンピック代表争いの現状すら、暫《しば》し、意識の彼方《かなた》に飛んでいた。

リンクへ投げ入れられた花束を、ちびっこスケーター達が拾い集める。これはほとんどのファンが、あらかじめ誰に花束を投げるか決めているため、演技の出来に応じたものではない。

その総数からしても、私への期待度や人気が、至藤響子に大幅に劣ることは確かだったのだ。

だが、この演技を見て。果たしてどういった点数が出てくるか――

リンクサイドに上がった私を、高島コーチが拍手で迎えてくれた。どう言葉をかけていいのか、やや悩んでるような態《てい》で……。

「どう？　やっぱ、私の辞書に不可能の文字はなかったみたいよ」

こちらから切り出し、反応を待つ。

「……ああ、本当によくやった」

私の頭にポンと軽く手を乗せ、何の個性も味もない褒《ほ》め言葉を発するが、この人は基本的にこんな人。

「全く。こんな時に洒落《しゃれ》たコト１つ言えないから、いつまでたっても独身なのよ」

私に劣らずの朴訥《ぼくとつ》ぶりを発揮《はっき》しているコーチをからかうと、颯爽《さっそう》と歩を進め、キス・アンド・クライに座り、点数を待つ。

いい演技の後は、これも格別だ。

と……。

「……え？」

危うく、クールビューティーのメークを溶《と》かすところだった。何と、客席から、高得点を望む拍手が沸き起こっている。

〈うわ……〉

ノリのいい外国人選手であれば、すかさず会場を煽《あお》り立てるのだが、さすがにこの桜野タズサ。いきなりそこまでは出来なくて……。

ただ私に対しては、既に相当数のバッシングもあり、悪者扱いされても何らおかしくなかった。事実今回、客席内にもそんな空気はいくらかあったと思う。

でも……、

〈日本ってこういうトコ、いいよね〉

「カナダよりも?」

〈あ…、いや。それは……〉

また独《ひと》り言《ごと》を言ってる私に、隣に座った高島コーチが、少し困惑したような表情を見せたが……、

「桜野さんの得点——エレメンツ」

「出るぞ」

コーチに合わせ、思わず身を乗り出すようにして、スクリーンを見やり——

「……うそっ」

技術点で、何と、5・9が出ているのだ。しかも、残り8つも全て5・8。

ショートプログラムでは、技術点が高い方が有利だ。これは、ひょっとすると……。

「カメラを持って来なかったのは、一世一代の不覚かもなあ」

……この人のユーモアはせいぜいこのレベル。

実際、スクリーンの点数を嬉々《きき》としてカメラに収めるような軽いコーチじゃ、クールビューティーのタズサ様が台無し。

いや。スクリーンに映し出された私の表情を見る限り、制御《せいぎょ》が効いてるとは言い難いが……。そりゃ、仕方ないわよ。

［プレゼンテーション］

アナウンスに、場内は一瞬の静寂。

そして――

「来た来た来たぁっ！」

もう、叫んでた。

椅子《いす》から立ち上がり、そのままの勢いでコーチとハイタッチ。

［5・8、5・8、5・8、5・9……］

いくら国内大会とはいえ、まるでリア・ガーネットのような点数が並んでいるではないか。

〈やったぜ、タズサ！〉

「へへへっ！」

私のスケート人生でも、記憶にない。芸術点で、5・9なんて……。

場内は、歓声と多少のどよめき――

至藤を抜き、私がトップに躍り出た。

＊　＊　＊

全日本選手権女子シングル。

ショートプログラムを終わっての1位は、なんとこの私。

9人のジャッジの内、至藤を1位にしたのは2人。7人が私に1位をつけたのだ。

直前に、ライバルのパーフェクトな演技を見せ付けられた。あの時点で至藤は、自分が抜かれるなど夢にも思わなかったろう。


ショート終了後の記者会見に先立ち。

会見室に通じるドアの前で……、意識的なベールに包んでいるものの、明らかに以前とは違う至藤の眼光に直面した。

「驚いたわ、桜野さん。あんなプログラムを隠していたなんて」

「隠してたわけじゃないのよ。ただ、ちょっと受動的な要素もあってね」

できる限り、普通の目線を返す。別に、ケンカ売られてるわけでもないし。

「リア・ガーネットのオリンピック用ショートが、ツィゴイネルワイゼンだったの。彼女とダブる勇気はさすがに、ね」

「ああ、そうなの。でも、この大会には関係ないような気がするけど」

……誰でも、最初はそう思うのかしら。

「でもないと思うわ。連盟として、オリンピックの大舞台で、リアと同じ曲滑ってボロボロになるかも知れない選手に、切符《きっぷ》は渡さないだろうなって考えたから」

……至藤の双眸《そうぼう》に、明白な色が宿った。

不快感……、だろうか。望みなどほとんどないはずの私が、オリンピック出場を前提として喋《しゃべ》ってるのが、気に喰わなかったとか？

まあ、いいんだけど。

「で、プログラムを一から作り直したの。1ヵ月もなかったから、さすがに焦《あせ》ったけど」

たまには、自分の功績《こうせき》をさり気《げ》なく、誇りたくなるもの。だが……。

「1ヵ月以内にあれを？　冗談はお止しなさいな」

……ああ、なるほど。自分の物差しの統一規格化という誘惑には、至藤女史といえどあらがえないものらしい。

私はあっさりと、彼女に対する評価を1ランク下げた。

「ところが冗談でもないのよ。私の関係者に聞けば分かると思うけど。人間、追い詰められると結構いけるものよ」

この程度でムキになるほど、私もガキじゃない。適当な一般論で切り返しておいたが、無論、本音は。

桜野タズサに、不可能はなくてよ――

「まあいいわ。明日が楽しみね」

「そりゃ、もう」

多少なりともプレッシャーをかけたかったのだろうが、今の桜野にそれは通じない。自信満々の笑みを返した私の瞳に、明らかにペースを乱す至藤の苛立《いらだ》ちが映った。

明らかに、私をライバル視……、否《いな》。

敵視、した――

＊　＊　＊

出場28人中、24位までの選手がフリーに進み、ショートの順位ごとに6人ずつ、計4組に分かれて戦うことになる。

最上位6名による最終グループの滑走順が決定した。最終6番滑走を至藤が引き、私は直前の5番。

……どうも近頃、私と至藤の距離が近い。

HNK杯とこの大会、いずれもショートは、私が至藤の直後だった。明日のフリーは、その逆となる。

それがどう出るか。

「桜野さん」

……またしても後ろからで良かった。

私の美貌《びぼう》も、この声を耳にした瞬間、見事なほどに捻《ね》じ曲がるから。案外、向こうもそれを分かって、背後から襲ってくるのかしら？

「ああ、どうも。監督」

見返り美人、桜野タズサ……。なんつって。

「どんな心境の変化があったのか、聞きたいと思ってね。奇跡的に、ボーイフレンドでもできたのかしら？」

どうやら、素直に誉《ほ》める気はないらしい。無論私にも、素直に誉められる気はないけど。

「この前、少々大口を叩きましたから。それで？　監督の美容整形でも、連盟のお金は使えるんですか？」

前回の会話を思い出し、イヤミの応酬《おうしゅう》に転じる。今日は、私の方が立場は上。

「それがねえ。貴方《あなた》が世界の舞台に立つようになってからというもの、皺《しわ》がやたらと増えちゃってね。とてもじゃないけど、お金が足りなくて」

「それはご愁傷《しゅうしょう》様。見た感じ、今日で一気に倍増されたようですわね」

三代監督の吊り上がった唇の両端が心持ち下がり、揶揄《やゆ》の色合いが薄れる。

「……あまり、自惚《うぬぼ》れないことね。桜野さん」

「監督こそ、メガネが曇っておいでのようで。明日が勝負であることは、誰よりもよく分かっていますので」

私の叩き付けるような反応に……、さすがの監督も少し鼻白《はなじろ》んだみたい。

「そう。じゃあ、明日を楽しみにしてるわ」

「ええ、こちらこそ」

……今日に関しては、私の勝ちだ。

いや、ここまでの経過は、完全にこちらのもの。全日本選手権で驚かせると宣言して、その通りになっている。

ただし、明日……、もし下手《へた》を打てば。

全てが――水泡《すいほう》に帰《き》す。

なるべくなら、大口のリスクを支払いたくはないわね。

＊　＊　＊

翌日――女子シングルフリー。

昨日、ちいさな火花を散らした私と至藤だったが、今日の早朝練習では、同じリンクの中に居ながら、会話はおろか、目線すら交差させることはなかった。

まあ、さすがに気高《けだか》いお嬢様《じょうさま》だ。必要以上にせこい仕掛けはしてこない。

泣いても笑ってもこれが最後。ショートの結果により、至藤にとっても、死力を尽くさねばならない舞台となったのだ。

＊　＊　＊

大会は既に、女子フリーの第3グループ。

この後は、私の入る最終4グループだ。

たとえどちらが勝利を手にしようと、今シーズン、至藤との対決はもうない。

どちらかが、オリンピックの出場権を手にし、争いに敗れた方は恐らく、今日がシーズン最後の試合——

ふと……、ある可能性が頭を掠《かす》めた。

もし至藤が今回のオリンピックを逃せば、そのまま引退するのではないだろうか、と。

フィギュアスケートの場合、アマチュアの技術水準が最も高く、オリンピックや世界選手権への出場資格はアマにしかない。

世界の舞台で実績を残し、名前を売ることができれば、第一線であるアマチュア競技会を退いた後、アイスショーなどへの参加を中心とした、いわゆる『プロ』になれる。プロへの転向を、一般的には、引退と表するのだ。

……ありえない話ではない。

4年区切りの思考法は好まぬところだが、次回のオリンピック開催時、至藤は27歳。世代交代の激しい女子シングルで、世界の第一線に在り続けるのは並大抵のことではない。

女帝リアの14を筆頭に、私が16。アメリカのドミニク・ミラーが17。

こんな小娘パワーが台頭《たいとう》する中、ベテランの有力どころでは、ロシアのオルガ・モトコワが27、カナダのステイシー・ラングローブが26。と、このくらいか。

今年出られなければ――

公式の場で、そんな話が彼女の口をついたことはないが、心中はどうだろう。

4年前。2つの五輪代表枠《わく》に、当時のエース、安友毬と共に選ばれたが……、ウイルス性の病気に感染し、出場を断念。至藤響子が、悲運の女王と言われる所以《ゆえん》である。

更に前年の世界選手権でも、五輪直前の悪夢を彷彿《ほうふつ》とさせるような怪我《けが》により、再びの欠場。加えて、国内2番手の桜野タズサが期待に応えられず、代表枠が1つに減る。

となれば、今回こそは何としても、至藤をオリンピックに――

周囲の感情がそちらに傾くのは当然だろう。

だが……、他人の心情は勿論《もちろん》のこと、至藤の悲願とやらも私には関係ない。気にしてはならない。

強い者が勝つ。それがスポーツだ。

＊　＊　＊

最終グループの演技が始まった。

上位6人による決戦だが、優勝争いは事実上、5番滑走の私と、最終滑走の至藤の一騎打《いっきう》ち。他の4人には悪いが、観客もメディアも、お目当ては最後の2人だろう。

入念なウォーミングアップと、曲に合わせたイメージ作り。こちらの準備も万端《ばんたん》だ。

フィギュアスケートのシングルないしペアで、最も緊張するのは、フリーではなく、1つのミスが地獄に直結するショートプログラム、と言われている。今までの私にとってはそうだったし……、今大会も、そうであって欲しい。

ピート直伝《じきでん》の理論武装も功を奏してか、行きすぎた緊張もない。昨日、出番前の私がガチガチになって震えていたあのソファーに今日も陣取《じんど》り、出番を待つ。結果が良ければ、小さなことでも縁起《えんぎ》を担《かつ》ぎたくなるのは、スポーツ選手の性《さが》だろうか。

……昨日とは、違ったプレッシャー。

もし。もし今日、至藤を圧倒すれば、よもやの逆転で代表権獲得《かくとく》も有り得る。夢に見たオリンピックが、手の届く所に来ているのだ。

「勿論《もちろん》、全開で行くわ。願わくば、今日がいい日だといいけどね」

〈同感だ〉

至藤が内定を逃した事実を考えれば、私が守りに入る理由は全くない。むしろ、その点を割り切れる今の状況に、感謝すべきかも。

……高島コーチが、物音をほとんど立てずに私の傍《そば》へ戻ってきた。恐らく、私の精神集中の妨《さまた》げとならぬよう気を遣って、ブラブラその辺を歩いていたのだ。

「昨日、監督と話してね……」

「なんだって？」

思った以上に過敏な反応が返ってきた。それじゃ……、

「例によって大口叩きまくって勢いで変な約束しちゃったの。今日勝てないと、ヒドいことになるんだ」

「……つまり？」

「何処《どこ》かのアイスショーで、男装《だんそう》して滑らされるのよ。でもそれだけじゃなくって、女装した高島コーチと即席ペアを組むって……」

……声にならない声を上げるコーチ。

見え透いた冗談でも、結構信じてしまう人であるため、罪悪感が先走り、長く引っ張ることはない。

「ウソよ。コーチに気がある三代のババアが、そんなことさせるモンですか」

「……お前な」

試合前のメンタルコンディショニングに関しては、少しは上達したのかな。

「23番、桜野タズサさん――」

＊　＊　＊

……時は来た。

「弾《はじ》けてこい、タズサ」

「ええ、とことんやってくるわ」

リンクサイドの高島コーチと、最後の会話を交わすと、黄緑色のコスチュームに包まれた、ヴィーナスも真っ青の自らの容姿をやや意識しながら、両手を広げてジャッジや観客にアピールしつつ、リンクの中央に向かう。

さすがに注目されているだけあって、会場から沸き起こる拍手も一際大きい。

「ねえ、アンタの一言もちょうだいよ」

〈言っていいの？〉

……ピートのヤツ、私が精神的に万全だと思って、敢《あ》えて何も言わないでいたのだろうが、コイツの一言がないと、何か落ち着かないような気がして……、

〈幸運を祈る〉

「ありがと」

……一種の、おまじないのようなものかしらね。


ショパンの、華麗《かれい》なる大円舞曲。

ピアノの旋律《せんりつ》がスピーカーに流れ、桜野タズサのフリーがスタート……。

最初のトリプルルッツ＋トリプルトゥループのコンビネーションは、前回のＨＮＫ杯で初挑戦し、見事に失敗している。従ってまだ試合で成功させたことはない。

多少、その辺の意識もあるのか……、まだちょっと動きがぎこちないかしら?

でも、練習では数え切れないほど決めているし、確率も悪くない。多少堅くなってたって、そうそうミスなんてするもんですか。

……ほんの１秒足らずの間に、自動的に思考が整理されるのが分かる。

いつものように、やればいい。結果は全て、確率の内——

まずはトリプルルッツ。

踏み切って……、完璧《かんぺき》な着氷、も１つ。

トリプルトゥループ！

「……っと！」

……右足に、私の全てが乗っている。

「やはっ！」

成功だ。見事に氷を捉え、広げた両手の拳《こぶし》を握り締め、思わずガッツポーズ。

〈よし！　出だし好調！〉

私の実力からすれば当然よ。声に出さずにそう返す。

……いける！

トリプルループ、足換えのコンビネーションスピン、ダブルアクセル、と難なく決め、プログラムは、前半から中盤に至るスローパートに入った。

大事なのは、緩《ゆる》やかで伸びのあるスケーティング、指先まで神経の行き届いた繊細《せんさい》な振り付けと表現、そして何より。

前回、あのイヤミババアにマントヒヒの愛想笑い呼ばわりされた、柔らかな笑顔――

それを思い出した瞬間、反射的に引き攣《つ》りかけた面《つら》の皮を、必死になだめ……。

スパイラルに細かなステップを交え、完璧《かんぺき》に滑り終えたスローパート。一転、盛り上がる曲に合わせて、トリプルサルコー。

余裕《よゆう》で成功！

ピートの確率論に逆らうようだが、今、ジャンプをミスるとは到底思えない。調子に乗ってる時はこんなものだろうか。

自分自身で、風格すら感じちゃう。こういうちょっとした精神的増長《ぞうちょう》って、思いの外《ほか》、気持ち良くって……。

トリプルフリップ、ダブルループのコンビネーションを成功させ、ガッツポーズ代わりに両手を打ち鳴らす。

……スタミナは十分。まだまだ行ける。

キャメルスピンを回り終えると、勢いをつけて再び加速。音楽に合わせて煽《あお》るように両手を広げ、呼吸を軽く溜める。

ステップから直接、トリプルトゥループ。

OKっ……！

着氷でスピードが落ちてない。

……ここまで、恐ろしい程に完璧《かんぺき》だ。スケーティングそのものの調子もよく、従ってスタミナのロスも少ない。

ホント、怖いくらい。

〈さあ、行け！〉

いよいよプログラム終盤、見せ場のサーペンタインステップ。

大円舞曲もクライマックスに近付き、細やかなピアノの1音1音が、徐々に音量を上げていく。合わせて、私のステップもより力強くダイナミックに、リンク上を駆け抜ける。

凄《すご》い拍手、大歓声――

それに呼応《こおう》して、私の笑顔も一層、光ってるはず。ステップでこんなに沸くなんて、やっぱ私ってば最高！

さすがに息が上がりつつあるが、自らの絶好調に高揚《こうよう》した精神が、ある意味で肉体を凌駕《りようが》し、疲れをも消してくれる。

既に、5種類の3回転ジャンプを計6回成功させ、2つのコンビネーションを盛り込んだ。

残すジャンプはあと1つ。2度目のトリプルルッツ。

成功すれば、オリンピックが——

急に……、体がそれと分かるほどに強張《こわば》った。余計な意識が最後で…、

〈大丈夫、普通に跳べばいいだけ〉

大きく一呼吸——

……うん。リラックスできた。

ステップから時計回りにハーフターン。

左足のアウトエッジに体重を乗せ、右足爪先《つまさき》を氷に突き刺し、トリプルルッツ——

よし、うまく回れ…、

「——あっ！」

極短の呻《うめ》きが漏《も》れ——

……私は。

腰と左足をべったりと氷面に寝かせたまま、惰性《だせい》に任せていた。ほんの、半瞬だけだが。

外から見れば、刹那《せつな》の空白に過ぎなかろう。即座に起き上がり、最後の動きに移るが……。

自分を殴《なぐ》りたい気分だ——

最後の最後で転倒するなんて！　なんてバカなの！　私ったら…、

〈最高の演技ができてる。とびっきりのスマイルで締めよう！〉

力強い鼓舞《こぶ》に……、少し持ち直した。

とにかく。これが最後なんだから！

リンク中央に切り込みつつ、フライングシットスピン。更に軸足《じくあし》を換え、体勢を徐々に持ち上げながら、スタンドスピンに移行。回転を限界まで早めていく。

スタンドだけで30回近くは回ったろう。

やがて回転を緩《ゆる》め、ジャッジ側の正面サイドに体を向けると、両手をやや曲げたまま、斜め上に優雅に掲げ――

「イヤッァ！」

フィニッシュのポーズと共に、私は叫んだ。終局直前の大きなミスを、振り払うかのように……。

＊　＊　＊

……昨日の倍の花束が舞う。

リンクの四方に向かって丁寧《ていねい》にお辞儀《じぎ》するものの……、自らの複雑極まる表情が、目に見えるようだ。

何と言っていいのか分からない気分。トータルで見ればかなりの演技ができたし、喜ぶべきなのかも。でも、最後のアレが……。

〈いい演技だったよ。君に、感動させられるとは、ね〉

「最後決めてれば、もっとだったのに」

そう口にした結果、悔恨《かいこん》の思いが更に募《つの》った。黄緑色のコスチュームに、氷の白い結晶が付着している。実に生々しい……、傷跡だ。

〈仕方ない。確率の上での現象さ、あれも〉

……果たしてそうだろうか。

最後のルッツに入る前、オリンピックの切符が脳裏《のうり》にちらつき、自分でもはっきりと分かるほどに、体が硬直した。ピートの一言でほぐれたが、あの失敗の最大の原因は……、

「私の……、未熟さのせいよ」

どんな状況であれ、いつも通りリラックスして跳べてこその確率だ。私はまだ、その域には到底、達してはいない。

自らの腑甲斐《ふがい》なさへの失望が、大きなため息となって——

……氷から上がり、ハイタッチを交わした高島コーチから、軽く肩を抱かれる。

「よくやった。タズサ、よくやった」

だが、心の何処《どこ》かに、薄雲がかかったままだ。最後のルッツさえ決めていれば、大きな感激

に浸れたかも知れないのに……、と。

「……惜しかったなあ」

「何、最高だったさ」

満面の笑み。誇らしげなコーチの表情に、作りはない。でも……。

ダメ元に近かったはずのトリノ五輪。それが、昨日今日の最高の出来によって、現実のものとなりつつあった。

その——決定機をっ！

……至藤にも、もっと強烈なプレッシャーを与えることができたのに。これで、彼女は随《ずい》分《ぶん》、楽になったのではなかろうか。

「桜野さんの得点——テクニカルメリット」

場内の注目が大型スクリーンに集中。

一瞬のシンとした静寂が……、歓声に取って代わる。

「5・8、5・8、5・8、5・8……」

隣のコーチが何も言わず、私の背中を軽く叩いた。

5・8が8つ、見事に並び、最後の1人だけが5・7。決して悪くない点数だが、最後のルッツを決めていれば……、ほとんどのジャッジから、5・9を貰《もら》えていたはず。

次の芸術点にしても、最後の最後で転倒した印象の悪さが、何処《どこ》まで影響するだろうか。

「プレゼンテーション」

……スクリーンにパッと並んだ点数。

私の美貌《びぼう》が、明らかに歪《ゆが》んだ。

［5・7、5・8、5・6、5・8……］

「5・6？」

その点数にカチンとも来たし、第一。

5・9が2つ3つ、あってもいいとまで思っていたのに、6つの5・8が最高だ。

この日随一《ずいいち》の高得点に、観客の拍手は大きい。実際、数ヵ月前の私から比べれば、素晴らしい点数だと言えよう。

だが……、正直、不満だ。ジャッジ達も、私の朴念仁《ぼくねんじん》のイメージを、そう簡単には忘れてくれないのだろうか。

それと、次の至藤の存在。私の演技に、芸術点でも5・9を出してしまえば、彼女に残すべき点数が無いとの判断だろう。

〈タズサ、笑顔笑顔〉

ピートに促《うなが》され、大型スクリーンのど真ん中に、しかめっ面《つら》の自分を見やった。場内の拍手に応えるべく、笑おうとするものの……、うまくいかない。

印象――これは大きい。

この大会まで、失敗続きだった私だが、今回、ニュープログラムで果敢《かかん》に挑んだショートではノーミス。そして、フリーでもパーフェクトだったのだ。あと、ジャンプ1つで。

もし、完璧《かんぺき》なパフォーマンスを2度続ければ、私の度重《たびかさ》なる失態は、過去のものとなっていたはずだ。

よくミスる、というありがたくない印象を払拭《ふっしょく》する、巨大なチャンス。それを逃した……。

もし、至藤が代表に選ばれれば。

あれさえ決めていれば。

一生、そう思い続けるんじゃないだろうか。

＊　＊　＊

［24番、至藤響子さん――］

……キス・アンド・クライの長椅子《ながいす》に座ったまま、今日一番の拍手に迎えられる、紫が基調の清楚《せいそ》なコスチュームに身を包んだライバルを、じっと眺めた。

「ここで見ていくのか？」

一応尋ねてみた、という感じの高島コーチ。次の選手の演技が終了するまでは、此処《ここ》に居て問題はない。むしろ、メディアやファンの目もある公的な場所での、私の反応を恐れたのだろう。

「大丈夫。できる限り、静かにしてるわ」

もし、至藤の失敗の瞬間、大喜びでもすれば、後々の問題になる。この桜野タズサ、いくら何でもそんな非常識な人間じゃない。

とはいえ……。

演技を終わった選手が、勝利のためにできることといえば、ライバルの失敗祈願《きがん》だけ。もし、堅実な至藤がジャンプで転倒でもすれば、思わず立ち上がってガッツポーズを取らないとは、必ずしも言い切れないかも。

ともかく、この場を離れるなど考えられない。此処《ここ》で、自分の目で、全てを見届けなければ……。

視線の先には、至藤響子が在るのみ。座ったまま身を乗り出すと、両膝《りようひざ》の上に両肘《りようひじ》を乗せ、両手を組み合わせて口元を覆《おお》った。

……ミスりなさい、至藤響子。オリンピックに行くのは私よ。

ミスって。お願い――

＊　＊　＊

弦楽《げんがく》の奏でるレトロな旋律《せんりつ》。

至藤響子の演技が始まった。

革命令嬢《れいじょう》――

至藤の使用曲のタイトルだ。オリンピックシーズンを迎えるにあたり、わざわざ作曲家に依頼して作ったオリジナル曲だという。

明治時代の大財閥《だいざいばつ》の深窓令嬢《しんそうれいじょう》ながら、型にはまらない価値観と大胆《だいたん》な行動力を持った、奔放《ほんぽう》な美女。それが、このプログラムにおける至藤のイメージらしい。

スローな旋律《せんりつ》に、ピアノの高音が加わる。徐々に加速した至藤は、バックスケーティングで助走を少し取り、リンクのコーナーに至って、最初のコンビネーション――

トリプルルッツ、ダブルトゥループ。

……決められた。いきなり。

私は、前かがみのまま微動だにせず、鼻だけで大きく呼吸した。まるで失敗しそうにない。ミスを期待するのも虚しくなるくらい。

〈今日も、調子いいみたいだね〉

……落胆《らくたん》とも感嘆とも取れる台詞《せりふ》。ピートのことだから、後者だろうが。

最初のジャンプを難なく決めた至藤は、またもスピードに乗り、リンクを真っすぐ横断しながら、構え……。

トリプルトゥループ、更に……、

トリプル――？？？

……自分の目を疑った。

沸騰《ふっとう》したかのような場内の歓声。

3回転＋3回転のコンボ成功だ。ショックが一瞬で全身に浸透し、呼吸も止まる。

「……なんてヤツ」

……やられた。悔しいが、やられてしまった。私の決めたルッツ＋トゥループよりは難度が落ちるものの、女子の世界では、3＋3の効果は大きい。守りに入り過ぎた前回の教訓を活かし、攻め、しかも確実に決めてきている。さすがと言うしかあるまい。

全てをやり終えた私には、なんら手段も残されていない。もし至藤が、またしても完璧《かんぺき》な演技を披露《ひろう》すれば……、全ては終わる。

脳裏《のうり》に、敗北の2文字が、ちらつき始めた。


……トリプルフリップが決まり、曲調は一転。フルートの旋律《せんりつ》が際立《きわだ》つ軽《かろ》やかなテンポ。至藤の繊細《せんさい》な技術が、余すところなく発揮《はっき》されるパートだ。

温室の奥底から飛び出した、世間知らずの令嬢《れいじょう》の旺盛《おうせい》な好奇心を、見事に演じている。見ているだけで、明治時代の背景までが浮かび上がってくるかのような、振り付けと衣裳《いしょう》と音楽との見事な調和。

バレエのテクニックが基本にあるが、それに止《とど》まらぬ懐《ふところ》の深さ。こういう表現力においては、間違いなく私の上をいく。だからこそ、積極性やジャンプの難度で上回っていたかったのだが、そこで差が出なければ……。

一瞬——私と目があった。

いや、多分、気のせい。向こうにそこまでの意識は…、

〈今、キョウコと目が合わなかった？〉

「……やっぱ、そう思う？」

隣のコーチにも聞こえないであろう囁《ささや》きを、組み合わせた手の中に漏《も》らす。

だとしたらそれは、集中力の僅《わず》かな刃こぼれか、もしくは——

絶対の自信？

一段と高く細かいフルートの音色に合わせ、軽やかなステップを見せる至藤。少し溜《た》めを作って……、トリプルループ。

あっ——！

腹の中で、鋭く叫んだ。

……至藤がやってくれた。トリプルのはずが、タイミングが微妙に狂ったか、回転が抜けて2回転になったのだ。

大きなミスではない。だがやはり、先程偶然に交わった視線が、影響をもたらして……？

だが表面上、動じた様子はない。曲調に合ったレイバックスピンを披露《ひろう》すると、軸足《じくあし》を換えて、またしてもレイバックスピン。エッジで氷を削《けず》らない技術、鋭い回転、優雅に反った体の線の美しさ。両手の指先が徐々に天空に上ってゆくような趣《おもむき》がある。

〈綺麗《きれい》だね、やっぱり〉

……だからやっぱり、勝ち目はない。もう諦《あきら》めたら？

当のピートにそんな意図はなかろうが、そう言われているような気がして……。

至藤響子のフリープログラム、革命令嬢《れいじょう》は、後半に突入している。

ミスを念じる私の前で、トリプルサルコーを難なく下り…、いや。着氷《ちゃくひょう》でぐらついた。少し流れを欠いたまま、フライングキャメルスピン。

あの至藤が、明らかに硬くなり始めている。演技序盤《じょばん》の落ち着きが……、ジリジリするような焦《あせ》りへと。

このまま行けば――自分の勝ち。

……競技者にとってこれほど魅惑《みわく》的な邪念《じゃねん》は、他に存在しない。しかも、目の前に五輪切符。脳裏《のうり》にちらつく栄光を振り払うのは、俗界人には至難《しなん》の業《わざ》だ。

とはいえ、緊張しながらも何とかまとめてきている至藤に、次の2度目のトリプルルッツを決められると……、非常に苦しい。

5種類の3回転ジャンプの内、最高難度のトリプルルッツは、女子シングルでは勝利を左右する大きな要素だ。世界クラスの選手ともなれば、2度跳ぶのは当たり前。

プログラムの最後に2度目のルッツに挑み、高得点を狙った私だったが、結果は失敗。

ついでだから……。

「アンタもミスれ」

ボソッと、しかし明快《めいかい》に、そう口にした。

ルッツに入る寸前、ちらりと見えた至藤の表情がいつになく硬い。私は、口元で拳《こぶし》を握り締めた。

これから先、これほど純粋に他人の失敗を願うことはもうないだろう。ないはずだ。だから……。

だから、今回だけは――

次の瞬間――

至藤は、転倒していた。

私の自制も、何処《どこ》かへ消え去った。

＊　＊　＊

日本のエース、至藤響子の演技が終わると同時に、私はキス・アンド・クライを立ち、奥に引っ込んだ。あの冷静な至藤が、後半ガタガタと崩《くず》れた事実に、望みを繋《つな》ぎながら。

致命傷《ちめいしょう》となったルッツの失敗。恐らく至藤は、跳ぶ直前まで迷っていたに違いない。あそこで2度目のルッツという困難に挑まず、安全運転も考えたのではあるまいか。

だが、そもそも何故《なぜ》、選考が今回までもつれたのか。消極策は彼女自身、固く戒《いまし》めるところだったろう。

やや覚悟不徹底なまま挑み――失敗。

……私に勝てば確実。ミスせずに終われれば、オリンピック。そんな際どい状況が、至藤の心身を硬直させた。

ルッツ失敗の瞬間、剝《は》がれ落ちた、革命令嬢《れいじょう》の仮面。引き攣《つ》った表情のまま、サーキュラーステップに入ったが、狂った流れを取り戻すことは叶わず。最後のダブルアクセルは成功させたものの、全体的にまとまりに欠けた印象は拭《ぬぐ》いようがあるまい。

私は、自分の勝ちを確信した。

それでも、彼女への盛大な拍手は、私をかなり上回ったが。

控え室に戻り、モニターテレビで彼女の点数を待つ。隣には、高島コーチがこれまた緊迫《きんぱく》の態《てい》で、弟子のライバルの点数を待つ。

……全体的なスピードは、私が上だった。ジャンプの難易度と質、ステップの切れ、ミスの絶対数に関しても。元々の表現力は向こうが上だろうが、後半でかなり崩《くず》れてしまった以上、いつもの説得力はないはず。

今年の全日本選手権は、私、桜野タズサの勝ちだ。それは間違いない。いくら連盟のお偉方《えらがた》が、至藤に肩入れしようとも。

ただ、代表切符となれば話は別だ。まずは、今の至藤の演技に、ジャッジがどんな判断を下すのか。

大型スクリーンの自分の姿に気付いた至藤は、笑顔で場内の歓声に応えた。もっとも……、かなりの無理も窺《うかが》える。納得のいく演技とは程遠い内容だ。

一方の私も、胴の内壁を叩く鼓動の驚くべき音量に、神経を著《いちじる》しく磨耗《まもう》させていた。他人の点に、これほど神経質になるとは……。

「至藤さんの得点――テクニカルメリット」

アナウンスに次いで、スクリーンに点数が表示され――

観客の反応は、少しの歓声と、どよめき。5・8が1つ、5・7が6つ。5・6が2つ。

……あれで5・8が出るかね。

胃がキリキリと痛む。1人か2人かのジャッジは、至藤に1位をつけるつもりかも知れない。9人の内、過半数の5人から1位を貰《もら》えれば私の勝ちなのだが……、

〈大丈夫だよ。きっと〉

「……どうかしら」

問題は芸術点。

至藤が完璧《かんぺき》にやっていれば、5・9がずらりと並んだだろう。場合によっては、6・0も有り得た。だが……。

「プレゼンテーション――」

私は息を止め、画面に見入り――

た。

至藤が総合2位。その表示が出た瞬間、椅子《いす》から飛び上がり、拳《こぶし》で宙空を立て続けに突い
「イヤァッ……！」

「やったぞ！」

「全日本チャンピオンよ！　ははっ！」

込み上げる喜び。一つの目標であった、全日本のタイトルを手に入れたのだ。

だが……、時折夢にまで見たような大歓喜ではなかった。五輪代表は、これから連盟内部の協議で決まる。正式発表は明日。

死ぬほど気を揉《も》みそうだが、自分ができることは全てやった。たとえ至藤に決まったとしても……、後悔はすまい。

＊　＊　＊

2006年フィギュアスケート全日本選手権大会、女子シングル終了。

優勝の私と2位の至藤のために、例によって記者会見が開かれた。

私にとっては、初の全日本チャンピオンとしての会見となるわけだが、五輪選考の結果が翌日に控えるとなれば、何とも中途半端《はんぱ》なタイミング。浮《うわ》つくのも何だし、ここのところと同様、形通りの応答で済まそうと考えていたのだが……。

そうはいかなくなった。至藤のトリプルルッツ転倒の際の私のリアクションは、節度を超えたものであったらしい。

「あの時のガッツポーズは、やはり内心が顕《あらわ》れたと解釈しても？」

貴方《あなた》、至藤さんの演技中に、キス・アンド・クライの私の美貌《びぼう》を眺めていたんですか？　とは、さすがに言わず。

「そうですね。反省してます」

……とても、自分の言葉とは思えないわね。

私自身、どれほどあからさまに喜んだのかを把握《はあく》していない。が、度合いがどうであれ、非難されるべき行為ではあろうし。

「至藤さん、桜野選手に何か言いたいことでもあれば」

「桜野選手は今大会、かなりいい演技をしたと思います。言いたいことは特にありません」

質問者は、私の軽率《けいそつ》な行為についてのコメントを求めたのだろうが、さすがの至藤、その手には乗らない。

それより気になるのは、この件が選考に及ぼす悪影響。まさか、これしきのことで、人格的に劣悪《れつあく》とは判断されまいが……。

＊　＊　＊

大会後恒例のフェアウェルパーティーに出席すべく、黒のスーツに身を固め、ホテルのパーティー会場へ向かう途上……。

至藤に内定――

突如《とつじょ》、そんな声が耳に飛び込んできた。メディアの連中が、大スクープをモノにしたかのようなノリで騒ぎ立てている。

〈バカなっ！〉

……私は、一歩も歩を緩《ゆる》めなかった。が、内心は、嵐のような動揺《どうよう》に曝《さら》されている。吹き出す汗は、冷や汗の類《たぐい》だろうか。

〈何かの間違いだよ、タズサ〉

あっという間に全身ぐっしょりの私を宥《なだ》めるピートだが、間違いという根拠はないのだ。

連中が私に気付き……、恐るべき早さで周囲に群がる。

「オリンピック代表は、どうやら至藤さんに決まったみたいなんだけど」

……悔《くや》しいことに、即答できなかった。

誰がそんなこと言ったって――？

と、感情任せに問い返さんとする欲求を、抑えねばならず。

「そうなんですか。知りませんでした」

可能な限り淡々と応じる。どの程度、表情のカモフラージュが効いているんだろうか。

「今の気持ちは？」

「やっぱり不満？」

「悔しい？」

幾人かの記者による質問が重なった。まあ、どれに答えるでもなく……、

「……というか。明日決めると聞いていたもので」

……ちょっと、私のペースじゃないみたい。

「今日決めるんなら、最初からそう言ってくれれば良かったんですが」

こいつらの狙いは、あわよくば涙の一つも誘導してやろうってトコ。

不意に視界がぼやけかけたが――

「仕方ありませんね。精一杯やりましたので」

こんな連中の望みどおりになるなど、死んでもゴメンだ。さっさと話を終わらせるべく、記者達を掻《か》き分けようと動いたが……、すんなり抜けられるはずもなく。

「勝ったその日に代表落ちというのは、納得いかないんじゃない？」

かといって、ヒステリーでも起こせば、それこそ格好の衝撃映像を提供してしまう。

私は、眼前に突き付けられたマイクの群れを、右手人差し指で払い除《の》け……、さすがに、やり過ぎを自覚した。我ながら、なんと尊大《そんだい》な行為に及んだのだろう。

「失礼。パーティーの料理が冷めてしまいますから」

内心の焦《あせ》りを隠しつつ、強引に人波を突破し、パーティー会場へ向かった。その後を、マイ

クとカメラレンズの群れが懲《こ》りずに追い掛けてくる。

「トリノへ行く至藤さんに、何か言うことはない？」

「選考基準について、文句はないの？」

ふと……、私は立ち止まった。

こんな精神状態のまま、どの面《つら》下げてパーティーに出ろって……、

「おいっ、押すなっ！」

「うわっ……！」

ガチャ、ゴチッ！

約20人の記者に、背から浴びせ倒されかけ、持ち前の運動神経で躱《かわ》す。と……。

高価そうなビデオカメラ同士が、鈍い音を立てて接触する。図らずも、相次いで倒れこんだ記者の一団。

そんなちょっとした醜態《しゅうたい》をちらりと見下ろし……、すぐ踵《きびす》を返して歩きだした。

付近に居た、数名のホテル従業員が唖然《あぜん》とする中、私は足を早め、広い廊下《ろうか》を闊歩《かっぽ》する。

〈いくら何でも、今のは……〉

「わざとじゃないって」

……無論、彼らはそうは思うまい。報復は、ペンによって為されることだろう。

でも、もうどうでもいい。

＊　＊　＊

フェアウェル・パーティー会場は、許可のない報道陣は立入禁止だ。その点はホッとするものの、落ち込んだ私には、天井の豪華なシャンデリアすら、ひどく癇《かん》に触る。

ホールに入ってものの数秒。至藤を見付けた。立食テーブルの1つを囲み、仲のいい選手同士で談笑中だ。だが……、代表に決まったわりには、表情が冴《さ》えないような気がする。当確の情報は、彼女にも入っているはず。

例によって、公《おおやけ》の場では己を抑えているのだろう。それとも、今大会で私ごときに負けたのが、五輪当選の喜びも吹き消すほどに、ショックなのだろうか。

今この場で、さっさと祝辞《しゆくじ》でも述べとこうとも思ったが、正直まだ気持ちの整理がつかない。

〈三代監督が居るけど〉

「分かってるわよ」

連盟のジジイ達……、もとい、お偉方《えらがた》を周囲に侍《はべ》らせ、趣味の悪そうなカクテルを片手に、渾身《こんしん》の厚化粧《あつげしよう》で覆《おお》った貧相面《ひんそうづら》を必死に綻《ほころ》ばせながら、話に花を咲かせている。年代のわりにはかなりの長身故《ゆえ》に、自分よりも背の低い男の方が多い。まるで、女王蜂《じよおうばち》と働き蜂だ。

そんな連中の邪魔《じやま》をする気など到底起きないが……、あのババアには用がある。

恨《うら》み言《ごと》は言いたくないし、気をつけもしたいが、自制の能力に関しては、至藤の足元にも及ばないのが現状だ。

「ちょっとよろしいですか、監督」

……背後からいきなり声をかけたのだが、ババアの方も、そんな私に気付いていたようで。

「ああ、桜野さん。今日は、貴方《あなた》にしてはいい演技だっ…」

「社交辞令《しやこうじれい》は結構です。つまらない駆け引きは止めましょう。なんで翌日って言ってながら、今日さっさと決めてしまったのか、理由をお聞かせ願えますか。こっちの都合も考えて欲しいですね」

「桜野君！」

遠慮《えんりよ》の2文字とはおよそ無縁の私の口調に、圧倒されていた男衆が、後《おく》れ馳《ば》せながら乏《とぼ》しい反応を示した。

「君は、監督に対して何たる…」

「いいえ、構いません。こういう子なんですよ」

……さすがと言うべきか。それだけで、お偉方を鎮《しず》めてしまった。無論、彼らに囲まれた監督こそが、最も偉い御仁《ごじん》なのだから。

「で、桜野さん。貴方の話が全然見えないんだけど…」

「トボけて済ますおつもりですか？　ご自慢の厚化粧でも、白々《しらじら》しさは隠せませんよ」

……監督の額《ひたい》に、皺《しわ》と青筋が同時に生じる。

「おいっ！　いい加減にしないか」

「いい加減にするのはそっちでしょう！」

会場がザワザワし始めた。またアイツか。そんな声が聞こえる気が……。

〈タズサ、ひょっとして…〉

「お静かになさい、桜野さん。迷惑よ」

……歪《ゆが》みが消え、真一文字《まいちもんじ》に結び直されたババアの口元。その物静かな迫力に、やや気圧《けお》されてしまう。ピートが何か言い掛けたようだが、意識を割《さ》く余裕《よゆう》はない。

「それで、私が何をしたって？」

……一呼吸おいた私は、内心の構えを組み直した。

「至藤さんにするならすればいいです。けど、やり方が姑息《こそく》ですね。最初から決めてればいいじゃないですか。天下の三代監督の名前が泣きますよ」

言い放ったものの、依然として状況の把握《はあく》に努めるかのような先方に、私も……、訝《いぶか》しみ始めた。暖簾《のれん》に腕押し、って言うんだっけ、こういうの。

「ちょっと待った。君は一体何を言ってるんだ？」

「オリンピック代表は、至藤さんに決まったんでしょう。そう聞きましたが」

監督と周囲の老人達が、互いに合わせる目線と表情を見やり、私は自分の独走を悟った。

そして心底……、ホッとした。

「何か、勘違《かんちが》いしてるようね」

「代表の決定は翌日と言ってあるはずだ。今日これから、我々が協議して代表を決める」

……数秒ほど、安堵《あんど》感に浸《ひた》っていたが。無実の罪を糾弾《きゅうだん》したとなれば、さすがにバツも悪く。

「勘違いがあったようですね」

素直に認めたが、それだけじゃ済むまい。

「お騒がせして、すいませんでした」

……謝る先で、監督の嘲笑《ちょうしょう》めいた笑みが鮮やかに復活した。

「大方、メディアの人達が根拠もなく先走ったのを、頭から信じ込んだんでしょう。桜野タズサともあろう者が……、お粗末《そまつ》ねえ」

……くっ、のっ！

いきなり報道陣に囲まれて、いくつもの口から至藤に内定と聞かされれば、信じるのも無理ないじゃない。

けど、どうせ監督のことだ。私が反論できないこの状況を、存分に活かすはずで……。

「まあ、貴方《あなた》のおつむが足りないのは、今に始まったことじゃないし」

……さっき監督に対する私の物言いに色をなしたお偉方《えらがた》が、またしても驚いている。

私と監督の間では、これが常。とはいえ、たっぷりと年季の入った3代目のイヤミに、慣れることなどできそうもない。

「それより、桜野さん。正直、目を疑ったわ。見事だったわね、今回」

「……ありがとうございます」

……一応、この監督がただのイヤミババアではない理由。それは、感情の向きがどうであれ、誉《ほ》めるべきは誉めるところか。勿論《もちろん》、けなすべきをけなす際の嬉々《きき》とした貧相面《ひんそうづら》が、僅《わず》かな美点をも真っ黒に塗り潰《つぶ》すことは言うまでもない。

「お医者様もね、治療の必要はないと思ったのか、もう帰られたわ。良かったわね、今回に限って硬直症状が顕《あらわ》れなくて」

……相も変らず腹立たしい表現ながら、無表情の克服《こくふく》を認めてはくれたようだ。今回に限って、だそうだが。

「まあ今度は、できそこないのキュウリみたいなその性格も、何とかしなくちゃねえ」

一瞬で――頭に血が上った。

「それはどうも。よろしければ、今夜の秘めゴト用にお貸しして差し上げましょうか？」

「なっ――！」

……さすがに、一線を超えてしまったかも知れない。

「失礼します」

顔面が小刻みに震え、鼻の穴まで広がったババアと、このやり取りに圧倒され、驚いて声も出ない取り巻きのお偉方《えらがた》を残し、さっさとその場を離れた。

〈いくら何でも言い過ぎだ！　あの人が…〉

「分かってるわよ」

確かに。代表選考において最大の決定権を握るのは、言うまでもなく、三代監督。

だが恐らく……、あの中年イヤミ女は、この件に私情は挟《はさ》むまい。なんの理論的裏付けもないが、それは確かだろう。

もし至藤が選ばれたとしても、それは実力。監督本人が、度重《たびかさ》なる減らず口を理由に私を落とすとは、考えられないのだ。

＊　＊　＊

翌日。高島邸《てい》に戻った私だったが、ゆったりとくつろぐ気分には到底なれない。

代表の発表は、今日の午後——

「オリンピックに選ばれれば、練習を理由に学校もサボれるんだけど」

〈その台詞《せりふ》を誰かに聞かれたら最後、君の落選は決定だね〉

……少し思考を巡《めぐ》らせれば、様々な選考基準が頭をよぎる。

洗練された表現力、ジャンプの安定感、過去の実績、今期の成績、世界的な知名度……。これら全てが、至藤響子のプラス要素。

対して、私、桜野タズサ。

基本的なスピード、ジャンプの迫力、多彩《たさい》なステップ、豊富なスタミナ、斬新《ざんしん》なショートプログラム、後は……、ああ。忘れちゃいけない、１００億ドルの美貌《びぼう》。

いずれにしろ、部分的なものばかり。ジャッジにとっての認知度、大舞台での実績、共に、圧倒的に劣る。

マイナス要素も多い。精神面での未熟さ、ショートプログラムでのミスの多さ、メディアや連盟関係者に対する言動の悪さ、嫉妬《しっと》を買うほどに美しい容姿……。

おまけに、悲運の女王のイメージも強い至藤に対し、私は基本的に嫌われ者。メディアの大半も敵。世論調査でもすれば、圧倒的な格差が出てくるだろう。

「……選ばれるわけないじゃん」

自嘲《じちょう》気味に呟《つぶや》くと、私はベッドに頭から飛び込んだ。

〈どうしたんだよ、急に？〉

「いいの、放っておいて」

あるとすれば、本番まで1ヵ月半に迫った今の勢い。それを評価されることはあり得る。他のスポーツでも、えてして、勢いのある方を選ぶと正解。そんなケースって、わりと多いような……。

「あああっ……！　止め止めっ！」

いくら突き詰めたって結果は変わらない。期待して、ダメだった時のショックを考えれば、寝た方がマシ！　昨晩だって、そんなこんなでほとんど寝てないんだから。疲れてるのに。

私は靴下《くつした》を脱ぎ、ベストとスカートのまま、布団《ふとん》をかぶった。いざ、眠りの国へ……。

そして——

その日の夕刻。

眠りの国から私を引っ張り出したのは、高島コーチとヨーコによる、オリンピック代表内定の知らせだった……。

解説

阿部和重

フィギュアスケート競技を題材とした、なかなかの野心作である。

主人公が様々な困難に突き当たり、打ち克ってゆく姿が丹念に描かれているが、本作がデビュー作となる作者自身も主人公と同様にチャレンジングな試みを自らに課していたのだと言える。どこがチャレンジングだったかといえば、やはりフィギュアスケートの競技場面の描出だ。

同競技は、一般的に人気の高いジャンルではあっても具体的な技の形態がすぐに思い浮かぶものではない。「トリプルアクセル」という技名を知ってはいても、それを明瞭に想像できる者はかなり限られているはずだ。

だがどうだろう、本作においては競技場面の鮮烈な追体験が可能となる。しかも競技者と観衆の興奮さえも存分に伝わってくる。恰《あたか》もフィギュアスケートが、小説化されるためにこそ存在するスポーツであったかのような錯覚すら抱かせるほどに、本作の描写は非常にエモーショナルな力を持っているのだ。

また本作は、フィギュアスケート小説であると同時に充実した創作のドキュメントでもある。この点において、作者と主人公の困難が重なり、読者を作中へと引き込まずにはおかない。そして作者は、周囲の無理解と意地っ張りな性格が災いして社会と折り合えずにいる主人公を、じっに温かく見守ってもいる。主人公に憑依《ひょうい》した幽霊少年の視点を通して、孤立しがちな少女の成長を作者は描き出す。だからこそ、終盤の二人のやりとりは深い感動を齎《もたら》すのだ。

（作家・スーパーダッシュ小説新人賞選考委員）

この作品の感想をお寄せください。

あて先　〒101―8050
東京都千代田区一ツ橋２―５―10
集英社　スーパーダッシュ編集部気付

海原　零先生

鈴平ひろ先生

銀盤カレイドスコープvol.1
ショート・プログラム:Road to dream

海原　零

集英社スーパーダッシュ文庫

2003年6月30日　第1刷発行
2005年6月20日　第4刷発行
★定価はカバーに表示してあります

発行者
谷山尚義

発行所
株式会社　集英社
〒101－8050　東京都千代田区一ツ橋2－5－10
03(3239)5263(編集)
03(3230)6393(販売)・03(3230)6080(制作)

印刷所
凸版印刷株式会社

ISBN4－08－630132－6　C0193

　Printed in Japan

スーパーダッシュ

vol.1

ショート・プログラム：Road to dream

フィギュアスケート界の性悪ヒロイン・桜野タズサ、16歳。美貌と素質に恵まれながらも、高飛車な言動のせいでかなりの問題児。そんな彼女に少年の『幽霊』が取り憑いて…。

vol.2

フリー・プログラム：Winner takes all？

マスコミの強烈な集中砲火を浴びるタズサ。オリンピックがかかる大事な試合を前に、大胆な『桜野革命』を発動！華麗な百花繚乱イリュージョンと幽霊ピートとの結末は!?

vol.3

ペア・プログラム：So shy too-too princess

アメリカに新天地を求めたタズサは、ひょんなことから同じクラブのオスカーとペアを組むことに。難しいわ、照れくさいわでタズサの憎まれ口炸裂に、ペアは解消の危機!?

vol.4

リトル・プログラム：Big sister but sister

桜野ヨーコ、12歳。姉のタズサとの実力差を痛感されられる日々ですっかり自信喪失に。おまけにライバルの神尾来夢が、タズサのコーチングを受けることになって…！？

海原 零

イラスト／遠藤将之

シリーズ

～融合～

潜水艦アルファレスが敵と接触。大戦勃発の危機の中、訓練中のエリート士官候補生たちは、有能な敵と無能な上官に挟撃される。魚雷のうなりが迫り、ついに銃声が艦内に響く…。後戻り不可能な少女たちの旅が始まる！

～転移～

前代未聞のクーデターで、世界中を敵に回した９人の士官候補生。彼女らが乗るブラッカ艦デッカートでは食糧が尽きてしまう。生存のわずかな可能性にかけ、無謀にも要塞に隠された最新鋭艦の奪取を計画するが…!?

スーパーダッシュ

めぞんdeぎゃらくしぃ

Maison de Galaxie

シリーズ

夢幻 イラスト／岩崎考司

めぞんdeぎゃらくしぃ
禁断の大銀河スゴロクゲーム！
超わがままお嬢様アスカ登場！
ノアの秘密のお買い物
銀河荘悲恋山遭難記
剣と魔法の大冒険？
銀河系最大のロケットレース！
悪魔娘ベルベル召喚！

スーパーダッシュ
魔界もいいけど地球って楽しいわ！
異星人限定〈銀河荘〉同居コメディ♪

スーパーダッシュ
小説新人賞
スーパーダッシュ
絵☆ウミ！
第5回募集中!!
入選作はSD文庫《スーパーダッシュ》で
本になる！
ダッシュ☆ぴよ蔵
第4回受賞作
大賞
『戦う司書と恋する爆弾』
山形石雄
『その仮面をはずして』
岡崎裕信
佳作
『Shadow&Light』
影名浅海
順次発売予定です！
歴代の娯楽小説英雄《エンターテインメント・ノベル・ヒーロー》たち
第1回　大賞　神代　明
　　　　佳作　狭山京輔
第2回　大賞　海原　零
　　　　佳作　東　佐紀
第3回　佳作　片山憲太郎
　　　　佳作　福田政雄
大賞　正賞の楯と副賞100万円（税込）
佳作　正賞の楯と副賞50万円（税込）
★原稿枚数　400字詰め原稿用紙200～700枚
★締切り　毎年10月25日（当日消印有効）
★発表　毎年4月刊発売日
主催／（株）集英社　後援／（財）一ツ橋文芸教育振興会
http://dash.shueisha.co.jp/sinjinで情報をゲット！
イラスト／山本ヤマト
～『電波的な彼女』より～